紅《アカ》嵐《アラシ》×《ニ》渡《ワタル》雲《クモ》

二ツ木 斗真
Touma Futatsuki

文芸社

この小説は、あくまでもフィクションです

目次

プロローグ……4
第一章　嵐の前に……9
第二章　紅嵐《あかあらし》に吹かれて……61
エピローグ……249
あとがき……256

プロローグ

「私《わたくし》が、このクラスの皆さんに数学を教える髙橋です。

髙橋の髙は、口ではなくてはしごの方です」

ぷっ、はしごだってぇ〜

ええっ、ちょっとふざけてんじゃねぇ？

先生〜、自分でそういう表現しますかぁ？

というちょっと茶化したざわめきに、じろりと生徒を見回し、

「私の苗字ですから、私はいいんです。ですが、誰か別の者がそのように勝手に表現した場合は、許しません」

低く凄んだ声で断言した。化粧っ気のなさもこの場合却って厳格さを印象付けた。

あ、他人はダメなのね
というのはあからさまに無視して、わずかに黒髪の混じった長めの白髪をぴちっとひっつめておだんごにした後頭部を、くるりと生徒に向けた。それから、おもむろに

白いチョークを右手で取り上げると、女性教師は黒板に向かった。

その細身の背中は、物差しを入れたように真っ直ぐで隙がなく、生徒に有無を言わせない毅然としたものだった。

そんな様子が既に、几帳面で気真面目な彼女の性格だと、生徒の方では感覚的に理解していて、舐めてはいけない教師であるという空気が一瞬で行き渡っていた。

そうは言っても、黒板の上で一体何事が起きているのかはよく分からず、ぽかんとしている生徒を他所に、彼女は、カツカツと小気味よい音を立てながら、次から次に、左から右、上から下へと数字を羅列した。

黒板に目一杯数字を書き込むと、非常に満足げな表情をして生徒の方に向き直り、

「この数字が何か分かりますか」

と、誰にともなく聞いた。前置きのない問いに、皆、一様に机とお友達になってしまった。

数学好きじゃねーしっ
いきなり振りもなく分かる訳ねーじゃん
数字並べといて何って、やばくねー

という心の声が聞こえてくるような……

あ〜あ、数学がのっけからこれじゃあ、数学嫌いになるやつ多いだろうなぁ、と僕もおぼろに考えていると、いかにも勉強好きですっていう地味な服装の（あっ、制服フリーの都立なのね）、イメージそのまんまな眼鏡の女子が、

「素数ですか？」

と、高めの声でおずおず尋ねた。

あの先生相手じゃ、毎度こんなふうに当たらないように下向いて、彼女がそれらしい答えをしてくれるのを待つんだなぁ、なんて皆の気が遠くなっているのを他所に、

「その通り。特に最初の十個くらいはどこかで目にしたことがあるでしょう？　これが、２以上の自然数で、正の約数が１若しくは当該数字だけの数、素数です。書ける範囲でここに書きましたが、存在の知られている素数にはほど遠いです」

と、うっとりと黒板を見詰める先生は、よくいる数学に美を感じてしまうタイプの変人に違いない。

いやぁ、このまま数学には御縁がなくなりそうだなぁ
僕の気持ちを代弁する呟きが聞こえ、続けてヒソヒソと

高橋って、この学校に長いみたいよ。父が卒業生なのだけど、その時から最初の授業はこれだったらしいよ

という恐るべき事実が語られた。どこからともなく「魔女か？」と言う感想がもれたけれど、幸い？　それとも明確な無視？　なのか、先生の耳には届かなかったようで、話は続いた。

「素数というのは、概念としては大層古いにもかかわらず、未だに規則性が解明されていない不思議な数字です。それゆえに、これが解明されれば、世の中の真理が全て解きほぐされ、未来の予知が可能になるとも言われています」

――へぇ、そんな風に言われてたんだねぇ。それは大層興味深い予測をする人がいたもんだね。もしそんなことが可能ならどんなによいかしれないよ。そうか、素数かぁ。覚えておきますよ、先生――

二〇一四年、高校に入学して数日、既に日常生活のルーティンの中に埋没している僕の意識にその声は割り込んできた。何やらぼそぼそ耳元でいつものように聞こえた言葉に、僕も同じように感じて頷いた。

うん、数学には興味が持てなかったけれど、素数というものは、僕が変な理由を解

き明かしてくれるかもしれないという期待を込めて、記憶に留まった。

そんな平和な情景の中で、こんなものに闇い欲望を織り込む人間が存在するとは、その時の僕は少しも思い描くことはなかった。

第一章　嵐の前に

――ねえ、ねえ、笙ちゃん
スラリと背が高くてモデルさんに見えなくもないオニイサ〜ン
ねえ、ちょっとぉ〜
見ようによってはジャニーズみたいにハンサムなオニイサ〜ン
うりゃっ、笙ちゃん
同世代には今一つだけど年上キラーのオニイサ〜ン
あのさぁ、笙ちゃん。返事くらいしてよ――
『見ようによっては』とか、そんな褒め方で何度も囁かれても困る。そうそう返事が出来るもんじゃない。何しろ、今は登校中で、自由が丘駅の構内を乗り換えのために、急ぎ足で人混みを縫っているところなのだ。
――なんだよぉ。電車の中では携帯も我慢したんだぞぉ――
当たり前だ、ばぁか。車内で話したら目立つに決まってんだろ。と心で毒づいて我慢しつつ、先を急ぐ。
同行人と話すくらいで何を大袈裟なと、普通の人なら思うだろうけれど、そういう常識はこの際シカトしないとやってられない。だって、もし僕がこいつに大真面目に、いやまあ普通にでもいいんだけど、何しろ返答するとなると、いい加減他人に無関心な通勤中の都会人でも、振り向く程度ですまないだろうから。ものすごく奇異な目で見られるに違いない。

こんなふうになるなんて、二、三年前には想像もつかなかったのだけど。実を言うと、この声の主にはそもそも実体がない。見える人には見えるのかもしれないし、本体？　が奇生物にいる時は、見える人にも見えないし、ってどういうこと？　だよね。

要は、幽霊なワケで……

――笙ちゃんってば、ちょっと、返事しろ！――

段々イラついた声に変わってきたので、仕方なく（かなり型落ちしてるけど一応）スマホを取り出した。朝の通勤時間帯の自由が丘駅は、乗り換えや駅の外に向かう人々が入り乱れ、スクランブル交差点の様相だから、僕も人混みを縫うように歩きながら、スマホに喋りかけている。ながら歩きが嫌いな見知らぬ人のビシリとした視線を、時に会釈するように避けながら、思わずため息が出る。

大体、スマホ自体あまり人前に出したくない。だってねぇ、僕のスマホは限りなく旧式な上、ストラップが普通の男子高校生なら絶対つけないような（今時女子でもいないよな〜)、ミニチュアの手鏡だから。そう、これに声の主は取り憑いてるワケで。と、この話はまたにしよう。

今はメンドクサイから。

「キワさん、五月蠅《うるさ》いよ。のんびり会話してると、遅刻しちゃうんだけど」

耳に当てたところとは、若干違う位置から声が聞こえるような気もするので、スマホを持つ時、手鏡は、チェーン部分を左手の小指に巻くようにして耳の近くにする。

「で、何? 急ぎの用なの? キワさん?」

キワさんていう名前の由来も、いずれ説明するけど、彼の名前を呼ぶ時は、頭の中には『キワ』とカタカナが浮かんでしまう。実体化した時のイメージも話すだけの時のイメージも、どうも平仮名じゃなくてカタカナなんだよな。なんてこちらの思いに、気付いてもいない様子で、いかにも年上〜な感じで、

――あのねー、笙ちゃん、呼んでもすぐに返事しなかったのに、おいらには、内容をすぐ言えってか?――

やばい、お小言が始まりそうだ。実年齢にしたら、もう五十は過ぎているであろうキワさんは、意外に細かいことに煩《うるさ》いオヤジなんだ。まてよ、オヤジというより繰り

言の多いオバサンが入ってるな、こりゃ。言い始めると、極めつけに長いんだもん。

ここはひとつ事実確認で誤魔化そうか。

「ゴメン、キワさん。でも、またすぐ電車だよ」

——それもそうだな。じゃ、用件にいきますか——

＊　＊　＊

柔らかな日常にも平凡な日常にも潜行する陰は、全く他人のふりをして、初めは遠くに存在していたのが、ある日極目前に顕在化する。この影は一体いつからそこにあったのだろう。僕のあずかり知らぬ時と所で、それは始まっていた。

＊Ｍ＊　20060324

きょうは　カミサマとふたりきりだった

三月九日で七さいだから

あたらしいことをはじめた
おサシミようのサカナをきるれん習
生きがいいと　じょうずになるから
生きたアジだった
よるごはんのときに出た

＊　＊　＊

今日という日に特別の思いがあったわけではなかった。ただ、ほんのりと紅を掃いたように木の葉の色が変わり始めた頃に、ふとしたはずみで話題に上った人がいた。そうして、あのことに、キワさんと僕が関わることになった。

ところで、こう語る僕の名前は、佐藤笙太。

あまり珍しい名字でも名前でもない。一字違いの同姓同名なら、小学校のクラスメイトにいたし、中学校には三学年で四人もいた。今の高校の同級生などには全く同じ奴がいる。平凡を名前から表しているようなものだ。

元々の『笛吹《うすい》』という名字なら、両親には、それなりの想いがあったのだろうと予想もつくけれど、残念なことにそれを確かめる術《すべ》がない。そういう話を両親とする年齢に達していない幼稚園の頃、交通事故で僕だけが生き残ったので、その後育ててくれた母方のじじばばも知らなかったのだ。どうにも仕方がない。ああ、今の『佐藤』は母の結婚前の姓って、説明不要か？

ま、そんなことで、親のことはともかく、名が体を表すように、僕の人生は大体平凡でありふれたものの『はず』だった。その『はず』なのに、僕には唯一誰とも比べられない変なところがあった。気付いた当初は、優れた特徴だと思うことは万に一つもないだろうと思っていた。怖い思いはしても。普通の人が見えないモノが、見えちゃうなんてね。嬉しいはずもないし、楽しいと想像する人もいないだろうしね。

じじばばと暮らすようになって暫くした頃から、『本来見えないらしいモノ』と話したり、話しかけたりするようになった。じいちゃんの言う通りならば、『事故で脳に傷でもついたに違いない』ということなのだろう。いずれにしろ、そういう幼い僕に、じじばばは大層困ったらしい。それまで、こういう特異体質の者が家族にいなかったので、どう対処していいものやら判断がつかなかったのだ。

ま、当然か。

僕だって、今のところ、そういう仲間にはお目にかかってないもの。

そして、人前でそういうことをすると、先ずは、ぎょっとされる。実体験を喋るのもNGだ。『変な子』とか『不思議な子』とかくらいならよいけれど、『気持ち悪い』とか『おぞましい』とかになると、幼稚園では大丈夫でも、小学校以上ではどうなることか分からない。いじめられる前に、封印しようとするのが、まあ常識的な大人の対応というものだろう。

「人目のあるところでは、見えても見えないふりをしなさいよ。ましてお話するなんて、絶対しちゃだめよ。これはとっても大事なことなのよ。おばあちゃんの言うこと、きっと守ってね」

と、ばあちゃんから、どれだけ口煩く言い聞かせられたことか。

祖父母からのそうした指図がある一方で、僕自身もそういう会話や会話から得た事実を、解説したり説明したりする労力が、いかにも難解で無駄なことであるかに、いち早く気付いていた。

大人はまだしも、表現力の劣る子どもの説明に、理解力の劣る同年齢の子ども達。

拒否はしなくても、意味は分かんねえよな。幼心にも、これは言わない方が無難であるという現実的な着地点を見つけて、すっかり『無口』を通すようになっていた。

＊　M　＊　20060926

だんだん大きいサカナになっていたのに
きょうは　サカナでなくて　カエルだった
ほうちょうのれん習なのかきいたら
口ごたえしてはいけないと
カミサマがひどくおこって　なんどもぶった
それをだれにもいわないとなん回もいわされた
いうとおりにしなければいけなかった
サカナと同じようにしたけれど　夕ごはんには出なかった
あのカエルは……
どこでつかまえたのだろう

おみせではかえないと思う

＊　＊　＊

僕を表現するのに最も適当なのは『平凡で無口な男の子』……一人くらい周りにいそうなものだよね。特徴とか色々そいつの情報を挙げてみろって言われると困る奴……想像に難くないよね。

もちろん、僕の場合は、そういう目立たなさが狙いでもあった。現実と実益が一致していたというか。生きた人間より、そっちの人の方が目にする機会が多いのだから仕方がない。もっとも、最近無口なのはそれ対策としての習い性というだけではなく、キワさんを始め昭和な大人と喋る機会が多いので、現代っ子用語に疎いせいもある。でも、誰にも理解してもらえない『変』と向き合うしかないってのは、少々ツライんだよね。自分を誤魔化しながら生きてたから、本当の意味で辛くなくなったのは、キワさんと知り合ったお蔭だ。そんな気持ちで、ふと呟いたことがあった。

「キワさんがいなければ、『無口で暗い僕』が『無口だけど明るい僕』にはならなかったろうな」

するとキワさんは存外なことを語ってくれた。

——おいらも生きてる間は暗かったんだよねぇ。性格も内向きだったけど、何より見た目が病気の人みたいだったから、ついたアダナが、き・も・ちわるいのきわさんなんだもんなぁ。んふふっ——

「って、笑ってるけど、それってイジメじゃねーの？」

——まあ、そういう含みもなくはなかったけど、このアダナがついたことがきっかけで、寧ろ人と関わるようになったから、そう悪いものでもないよ。モノは考えようでしょ？——

「でも、そういうネーミングってエスカレートしやすいじゃん。次々に言う奴が湧いて出たり、アダナ自体は変わらなくても、扱いが酷くなったりもするじゃん？」

——まあ、なんてーの、姉御がいたのよ。おいらの守り神——

「うおっ、俄然ロマンスっぽいじゃん」

——そういう発展の仕方はしなかったけど、友人の輪の中に、いつの間にか入れてくれたんだよね——

そうであっても、『きもちわるい』という言葉からきたアダナで呼ばれる限り、最初に含んでいた感情と常に対面しているということではないか。そう考えると、その包容力と言うか受容力に、僕の鼻の奥はツンと痛んだ覚えがある。結構尊敬してんだよな、キワさんのこと。だから、彼の影響は絶大だ。きっと人生の師匠だと思うよ。

タメロだけど。

さて、話が随分それてしまったけれど、『出逢い』に戻そう。『コレ』という指示語で表現すると、キワさんが怒りそうな微妙なところだけど、どっちを立てて話すかってだけのことで、この場合手鏡の方だから物だしね、このまま続けよう。『コレ』との出遭い(事故かっ!)は、中学時代、確かゴールデンウィーク明けの月曜日だった。そうでなくても、中だるみの中二だもの、どうにもダリダリした気分で、ちょっとした変化や新鮮味に飢えていてもおかしくない時期だった。

僕の家の近所に、ガレージセールが出来る程度の小さなスペースに店を構えた古道具屋があった。確か出来て結構すぐつぶれちゃったよな。まあ、僕にとっては、古道具という感じが物珍しかったので、開店したての時に、冷やかしで覗いてみるくらいには興味を引かれた。

無口で平凡な男子は、帰宅部でおヒマだったもんで。

正面から見ると少しも開店したての店には見えない構えで、かろうじて、『今頃時代屋』という店名で、何かの店らしいことが分かる程度だった。その『時代屋』というのも、あとでキワさんに聞いたら、その昔『時代屋のなんたら』（えい、忘れた）という映画があって、それが骨董店という設定だったから、そこからとったんだろうということだった。

初めは、古道具屋とも思わず、ただ誰かに呼ばれた気がして入店したのだ。

入り口に向かって左側には、煤けた感じでちょっとみすぼらしいコップや器の類が、安定の悪い小さな木机の上に所狭しと並べられ、右側には、キャリー付きの洋服掛けに、流行りを一体何年過ぎたんだろうというようなアンティーク？な洋服が吊るされていた。カビ臭いニオイが、店に入らずとも漂ってくるような佇まいだった。

てか、じいちゃん家《ち》のニオイみたいな？

ちょっと懐かしい感じもするけど、褒めるようなもんでもないな。新しい店なのに、こんなんで中に入ろうという酔狂な客はいるのか？と、子ども心にも一言言ってやりたくなるようなお粗末な店構えだった。正直、何時つぶれるんだろう？店員の給料は払えるのか？　なんて、いらぬ心配を誘われたものだ。

　だからこそ、僕のような中学生が入り易かったともいえるのだけど。それこそ立派な店構えで繁盛していようものなら、あの日のように、店の中から誰かに呼ばれたような気がしても、絶対行かなかっただろう。

＊　Ｍ　＊　20070424

八歳になっているし小学三年にもなったし
一人でやることになった
きっとできるはず
ちゃんとじゅんばんを守って　できた
ほめられたので　ほっとした
今日は　うらの林でつかまえたスズメだった
大せつにしているナンテンの実を食べたから
バツをあたえた

＊　＊　＊

僕が『コレ』と出逢ったのは、五月とはいえ制服が夏服になるのはまだまだ先で、学ランがくそ暑く感じる頃だった。

さっき、帰宅部とは言ったけれど、実際のところ、必ずどこかの部には所属していないといけない公立の中学校だったから、名ばかりの文化系『写真部』の『ほぼ幽霊部員』ではあった。ぷっ、この場合の幽霊は本物じゃないけど。うへっ、キワさんが言いそうなレトロなギャグっ！

むうっ、気を取り直して、と。そうそう、活動日は、火曜、木曜のたった二日。有難いゆとり教育（もうすぐ止めるらしい教育形態？　いずれ死語だな）の恩恵で、土曜日に部活をやるのは熱心な運動部系だけ。そうして、写真部のような文化系は、実際の活動とは別のことをしている場合が多いので、活動日でなくても、何となく毎日誰もが部室に集《つど》っていた。漫画を読んだり、トランプに興じたり。だから、出なくても、何となく大丈夫。出席とるわけじゃないから。

入学したての頃は、僕だって、それなりにカメラの知識を得ようと、前向きに入部したんだ。でもね、想像出来るよね。『普通なら見えないモノが見える』僕が、写真を撮ると、明らかに有り得ないものが映りこんだりしてしまう。入部早々そのことに気がついた僕は、誰にも気付かれないように、帰宅部の幽霊部員になるしかなかった。

部長がとても熱心な数年前の写真部だったら、許されなかったかもしれない。学芸発表会以外にも、学内写真展を開催したり、行事の度に、ミニ写真集を発行したりと、活動が充実していたという専《もっぱ》らのウワサ？　だった。（誰がウワサすんだって？　弱小部を話題にするのは部員だけだってば）まあそんなことで、知る人ぞ知るその栄光の軌跡の残像は、部室の壁に飾られているけど、そのタイミングでの入部だったら、少数精鋭の一員が幽霊部員では済まされなかったんだろうな。

しまった、話がどんどんズレていく。

ともかく、部活がなくて『今日も〇〇でパス』なんて、言い訳つきのお断りを、同級生に入れずに済むお気楽な月曜日の帰宅途中、その古道具屋の中から、

――おおい、君！　君だよ、今時珍しい学ランの中学生～――

という声を聞いて、周囲をキョロキョロ見回し、自分しか学ランがいないことを確

信すると、警戒心がちっとも湧かないトロトロした声だったのもあって、何となく立ち寄ってしまった。店先の壁に飾られたレトロな写真のセンスが、妙に僕の趣味に合ったというのもあったかもしれない。いずれにせよ、声の主に会うと決めたからには、しっかり店内の様子を見ておこうと思った。

　左右の器や古着にうっかり触れて引っ掛けてしまわないように、斜め掛けの帆布製の学生カバンを底から持ち上げるようにして、そっと店のドアに手をかけた。目にしなくなって久しいステンレス製のフレームのドアは、これまた懐かしい両引き戸で、元は何の店だったのだろうと、つい想像したくなるような古めかしいものだった。その古式ゆかしい？　ドアをギシギシ言わせながら開けて中を覗くと、薄暗い店内に最初は目が慣れなくて、真っ暗に見えた。

　慣れてくると、店内の様子が分かってきた。すぐ正面には高そうな鳩時計がかかっているのが見えて、その周囲を取り巻く内部の壁には、靴やカバンのようなものが飾られた木棚がぐるりと据え付けられていた。そして、部屋の中ほどには、ファンシー小物や小さな古道具が載せられたガラス棚が、ひっそりと佇んでいた。

＊　M　＊　20071027

今日はハトだった
せんたくものに　フンをおとしたバツ
すっかりうまくできるようになった
きょうもカミサマにほめられた
それにしても
フンを落としたハトが　どうして分かったのだろう
どこでつかまえたのだろう
三かく公えんにいるハトは　にげそうにもないけれど
どうやってつかまえたのかは、やっぱりわからない

＊　＊　＊

明かりがなくてちゃんとお札が確認できるんだろうかと、僕が余計な勘ぐりをした

くなるような暗く物淋しい奥のレジカウンターには、誰もいなかった。おそらく居住空間であろうカウンター後ろの二階へと続く階段から、微かにテレビの声が洩れていたように思えるが、さっき聞こえた声とは、違うようだった。

　暫く、階段の壁に映る蛍光灯が切れそうになる間際の点滅を見ていたが、人の動く気配はなかった。空耳かな？　と疑いつつも、一応不思議少年としては、音源？　を確認すべきだろうと、薄暗い店内にそれらしい影はないか、キョロキョロしてみた。けれど、期待したような姿を見つけられなかったので、やっぱり今回は空耳だったのかと、店を出ようとドアに手をかけたその時、

――んんっ！――

　と、寝起きで伸びする時のような力の入った声が聞こえた。

　しまった！　店員さんが下りて来た！

「あっ、スミマセン、」と言い訳をしようと振り向いた。

　目に入ったのは、残念ながら生きた店員さんではなかった。店の中ほどにあるガラス棚の一番下の段にあった、赤ちゃんの掌にもならないくらい小さな手鏡から、にょろん……にょろん？　思わず「きもっ‼」と、口をついて出た。失礼！　でもね、手

鏡から中途半端に上半身のみが出てた上に、その容姿ときたら……うげうげ（あっ、キワさん、ごめん）

そうだなぁ、例えるなら、こんな感じ。

ドラマの役者さんで言うと、脇役が多い人だったと思うのだけど、クセのある演技で定評のある『滝丸賢一』って男優さん。この前、ものすごい人気が出た銀行員のドラマでも、すごく印象に残る役だったよ。僕は好きだなぁ。結構味のある演技をする人で、まあ外見が何だかキワさんそのものって感じ。あれっ、どっちに失礼なんだろ？

まあ、いいや。

その人を、もっと痩せさせて（充分痩せてるけど）病的に透けるような青白い肌にして、目の下の隈を濃くして、何だか頼りなくて上目遣いの男の人って感じにすれば、はまり過ぎて感動しそうなくらいだ。うんうん、『ウラメシヤ～』で怖いっていうより、お化けっぽいかな。手鏡サイズで小さいし。

幽霊を見た目で差別しようなんて悪気はないけど、キワさん自身が後で、

――おいらの言い分を聞いてよ。あれは、今まさに死ぬって時の様子だよ。容姿や服装は自由自在にコントロールできるのになぁ。あの時は気付いて欲しくてちょっ

と焦ってたのかもしれないなぁ――

なんて言い訳をかましていたように、少なくとも健全な人？　の様子ではなかった。

最近出て来る彼は、全然違うもの。えっ、最近？　五十歳くらいのおっさんだけど、そこそこお洒落だよ。何だっけ？　う～ん、イギリス紳士的な？　それか、明治か大正の紳士的な？

例えば、冬には、中折れ帽のシルクハットをかぶって、銀座の英国屋風の三つ揃えだったり、夏には、カンカン帽に麻のブルゾンだったりと、昭和初期のお役人様みたい。って、映画でしか観たことないスタイルだけど。なんか、おしゃれなんだよね。痩せてるから、スタイリッシュに着こなしていて、かっこいいって思うよ。といっても雑誌に載るようなモデルさん風じゃないけど。

いずれにせよ、平日は高校の標準服を着たきりスズメで、家での普段着は数枚のTシャツにジーンズを回して着ている僕からしたら、羨ましいことこの上ない。まあ、いずれちゃんと収入を得られる身分になったら、お洒落しようと、先の楽しみと思うことにしている。

＊　M　＊　20080524

ニワトリは　むずかしかった
とても大きくて力がつよかった
へただと　すごくおこられた
そういえば　何のバツかしらない
きくのをわすれた
やるのもあとかたづけもタイヘンだった
カラあげになっていた

＊　＊　＊

既にそういうモノ達を見慣れた僕ですら、ぎょっとするような姿で、
――よっ、初めまして。おいらキワさん――

と明るく挨拶されても、何だか元気に返事をする気にもなれなくて、黙っていたら、立て板に水……この時は、初めてだからすごくビックリしたけど、キワさんは基本おしゃべりだから止まらない。嘘か真実か、幽霊だから舌を噛まないらしい。

――おいらのこと見えてるよな？　否定しても無駄だよ。君の目線は、ちゃんとおいらの目を捉えてる。見えてないなら、焦点が合ってるはずもないし、そもそも振り向きもしないよね。うん？――

図々しい話し方というだけで不愉快になる程、僕は拗ねた性格でもないし、その他の点でも特に不快な感じもしないし。気持ち悪くないと言えば嘘になるけど、それは見た目の問題で、全体的な雰囲気は嫌いじゃないから、ちょっと肩を竦《すく》めて、

「うん、見えてるし、聞こえてるよ」

と、正直に答えた。どうかすると「別に」という言葉で済ませたくなるところだけど、この時は何もひっかかりのない返事ができた。すると、何だかニヤニヤしながら、

――いやぁ、嬉しいな～。やっと話し相手が出来たよ――

「別に話し相手になるとは言ってないけど」

無口で平凡でも、否、だからこそかな、つい今さっきまで素直な受け答えだったと

しても、コロコロ気分の変わるお子ちゃま十四歳。中二病としか思えない僕は、本心では興味津津だったし、幽霊との新しい関係性への期待もあったし、拒否する何の理由もなかったのだけど、したり顔の幽霊を見ている内に、すっかり、素直にうんと頷く気が失せていた。

——そうだっけ？　まあ、細かいことは気にすんなよ。おいらと笙ちゃんとは、もう友達じゃん——

「細かいこと？　友達になるほど話してないしっ。それに、笙ちゃんって、自己紹介とかしたっけ？　余計きもいじゃん」

さっさと話を進めたいらしいキワさんの大人ぶったセリフ回しに、あくまでも、ちょい反抗的な僕。

——そ？　じゃあ。これから友達になるから、この手鏡買って——

「はぁ？　なんで僕がこんなもの買わなくちゃいけないの？　冗談じゃないよ、女じゃあるまいし」

どんなにくだらないことでも、自分だってどうでもいいと思っているようなことでも、すぐに退くに退けない状態にしたがる年端の僕は、若干ニヤリとした幽霊の顔に

腹が立ってきたので、

「話し相手とか、友達とか、いらないしっ！」

そう小さく捨てゼリフを投げつけると、それでも待ってるよ〜というノンビリしたキワさんの言葉を背に、ぱっと店を飛び出した。むかっ腹の立つことに、バンッと大きな音を立てて憂さを晴らしたい僕の気分と裏腹に、古いステンレス製の引き戸はガタンと途中で止まってしまい、拒否の意思表示になるほどピシャンとは閉まってくれなかった。

イライラして「くそっ、くそっ、くっそぉ」としか言えないまま、家路を走った道すがら、とうに僕は気がついていた。秘密を抱えずに話せる友達が欲しかったのは、本当は僕の方だということに。お蔭で、家に帰ってからも気になってしょうがなかったし、寝つけずに行った学校生活は散々だったし、僕の意地はそう長くは続かなかった。翌日下校する頃には、もう迷いはなかった。

帰宅するその足で、すぐ店に寄ったのは言うまでもない。

＊　M　＊　20080909

ぞろ目でエンギのよい日だから
ふだんからエンのある生きものにする　と言われた
ネコだった
なかなかうまくできなかった
時間もかかった
また　すごくおこられた
でも　おにわのコイを食べたネコは
バツをうけないといけない

＊　＊　＊

あの日は、分厚い学ランのせいで暑くてイラついてるところへ、またキワさんが余計な言い方をしたもんで、ムカムカは頂点へ。なんてことはない、待ってましたとばかりに僕が店に入るなり、キワさんが出て来て宣《のたま》っただけなのに。

――やぁ、来たな。思ったより早かったな。くふふっ、結局おいらの友達になる決心はついたってこと？――

「本当は僕の気持ちが読めるんだろっ！」

悠長なキワさんの問いに答える気なんて皆無なので、的を得た返事なんかするより、気になっていたことを確かめたい気持ちが急《せ》いた。そう、僕はまだ思春期真っ只中。自己中なんだ。

――こらこら笙ちゃん、小声でね。お店の人が来ちゃうよ。まあ、そういうこともないことはないけど、顔見りゃ想像つくし、君って、おいらが中坊の時に似てるから、読み易いのなんのって。だから、話してみたいな、友達になりたいなと思っただけ。それで、この手鏡買ってくれるの？――

全く僕の質問の答えにはなってないけど、移り気な少年の疑問は同じところに留まりたがらないのが世の常で、僕の疑問符はもう次のポイントに進んでしまっていた。だってね、よくよく考えてみると、幽霊とは友達になる以前に、じっくり話し合ったことなんてないことに思い至った。姿を見たり話を聞いたりしたことはあっても、彼等が僕の言葉をちゃんと聞いてくれたことはない。思春期の僕以上に、幽霊は自己中としか思えなかった。それもどうやら僕の偏見だったらしい。何しろかなり普通の会話になってるんだもの。キワさんから言葉が発せられる度に、新しい疑問が湧いたとしても仕方がない。とりあえず、声を落として続けた。

「手鏡好きなの？　そこから離れられないの？」

――なんだよ、金がないのか？――

「そうじゃないけど、買うより簡単かと思って」

――離れられないこともないけど、ほら、アラジンの壺みたいなもんでさ、居心地がいいんだよなぁ――

「アラジン？　ああ、なんかアニメのあれか。部屋ぐるみってことか？　まあ、いいか。普段持ち歩く訳じゃないから。で、いくら？」

――なぬ？　持ち歩いてくれないつもりなの？　まあ、そこんとこは、後で交渉するとしてだな。あー、多分五百円だと思うぞ。小遣い、足りねーか？――

「ふんっ！　今時の中学生を馬鹿にすんなよっ。もっと高くたって大丈夫だよ」

ちょっとどや顔気味に、一万円札の入った財布の中身を見せてやった。

——しーってばぁ。おおっ、全財産持ち歩くタイプなのね——

図星をさされてちょっとむっとしてるのは、完全にスルーされてしまったが、ふふふん、『持ち歩く』という弱点がありそうだから、ここは我慢してやろうなどと、不届きなことを考えていると、次の言葉でまた新しく興味が湧いてしまった。

——妥当な値段で買うのが筋ってもんだろ。店主に五百円でって囁いとく——

「ふーん、そんなことも出来るんだ」

——必要に応じてね、なんちゃって。じゃ、頼んだよ～——

「なんだよ。必要に応じてって。教えてよ」

——今はだぁめ。その前に買って——

「ううっ、仕方がない。とりあえず買ってから質問攻めにするか」

ブツブツ口の中で文句を言いつつも、そこは早々に折れることにした。

「すいませ～ん、これくださぁい」

手鏡を手に取ると、奥のレジカウンターにいる店主に向かって大声で催促した。

そして、かなり気恥ずかしい思いをして手に入れた。

こうして順序立てて思い出すと、何となく、キワさんのペースにすっかり乗せられてしまったようにも思うけれど、仕方ないよね、年齢差？ があるんだから。認めたくないけれど、その後、ずっと手玉にとられ続けているような、ないような……
今にみてろ〜。ぜったい、いつか見返してやるから〜。ごほっ
かくして、茶色と黒の格子という、どう見てもあまり趣味がいいとは言えない柄のミニ手鏡が、僕の下《もと》にやってきた。そうして、無口で平凡、地味で目立たないけれど、実は強烈な能力がある僕と、ミニ手鏡に潜む奇妙でエグイ幽霊との、明るく楽しい？共同生活が始まったのだ。

＊Ｍ＊ 20090326

この前はネコで、今日は犬
この犬は　カキネをこわして入って来たから
『ふほうしんにゅう』で
バツをあたえないといけない

広いうらの林のしたくは
カミサマが、もうしてくれた
あのアナまで　ひとりではこばないといけない

＊　＊　＊

キワさんの存在を無視して続いていた僕の回想は、相も変わらぬトロトロした声に打ち破られた。

――筆ちゃんてばぁ、急に目が遠いねぇ。おいらの話に興味はないのかなー？　なぁんて言うと、またひがみっぽいって言うんでしょ～――

「んあっ、ごめんごめん。キワさんひがんでる？」

――そうじゃなくて。おおい、聞いてるのかぁ――

「っ、ああ、今ちょっと想い出に耽ってた」

――まさか、おいらとの甘い関係とか？――

全くっ！　こういうところは妙に鋭いんだから。心は読めないって断言していたけれど、嘘じゃないかと思うこともしばしば。まあ、年の功なのかと思うことにしているけれど、それにしても表現がね。仕方ないから、そこんところを突っ込むとするか。

「きもっ！　そうじゃなくて。『今頃時代屋』って店での時のことだよ」

――こらこら、何かというと『きもっ！』だね～。語彙が少ないよ。せめて、『青嵐の吹く頃、僕らはアンティークショップで出逢った』とかさぁ――

「ロマンチストかっっ」

――何よ～悪い？　ったく、今時の若い子は夢がないわねっ――

「ますますきもっ！　って、僕はまだ十七だからね～。年齢不詳のキワさんに言われたくないよ。それに、今時の若い子ってセリフが出るのは、年食ってる証拠だと思うけど。やっぱ、キワさん、六十超えてるっしょ？　んんっ？　まさかの七十超え？」

――ぬわにを～。おいらが死んだのは、十七の時だよ。ほぼ同い年じゃん――

「げっ、そこは誕生年で言って欲しいなぁ。で、なんだっけ？」

――あのさ、笙ちゃんさ、花音ちゃんのこと好きだろ――

な、な、な、な、何だよ。い、いきなり核心かっ！　覚悟のない恋バナは誤魔化しようがないじゃん。そう思ってはみたものの、あまりに急な発言に、言葉は口の中で滑ってどこかに消え去った。

「ぐっ、はっ、」

――図星だったね～――

「ななな何だよ、唐突でびっくりしただけだしっ！　そ、それに、秘めたる何とかってやつだよ。絶対何とかしようなんて思うなよ。キワさんが何とかしていい問題じゃないからねっ」

ついでに「くそオヤジ、余計なことしてみろ、こうしてやるからな」と、スマホをぶんぶん振ってやった。幽霊に効き目があるのかどうかは、今のところ不明だ。

ちっ、ろくなオヤジじゃねーと、毒づいてみたけれど、こめかみに流れる冷や汗は正直だ。もしかしたら、他所目《よそめ》にも傍目《はため》にも見るからに顔真っ赤か？　もとい、表情や顔に出なくたって幽霊を誤魔化せる訳もないし、本題は別にあるのが分かっているのだから、嘘をついても仕方がない。ここは、冷静に普段通りの生活を送るしかないか。なんて、一人でもんもんと……。

ん？　すっかりキワさんのペースじゃん。

――ぷっ、慌てちゃって。短いセンテンスにどんだけ、『何とか』って入れてるんだよ。うん、まあ、笙ちゃんをどうのじゃなくて、あの子のことで気になることがあってさ。細かいことは放課後ね。電車来たよ――

相手は、年上で幽霊で、僕じゃ相手にならないよなー。

はぁ～っ

スマホを学生用の肩掛けカバン（このカバン、中坊以来継続使用中につきどんだけ中が臭くて汚いかについては保証の限りではない）にしまいながら、ついため息がもれてしまった。それにしても、一体どんな話があるというのだろうか。

花音絡みだとしたら、あの幽霊のことかな？

キワさんには、幽霊ってだけでも僕が知り得ない事を知る能力がある。とりあえず、放課後までお預けだけど、一瞬名前を聞いて僕の意識がバラ色に輝いた割には、何となくいいことではない確信がある。

＊　M　＊　20090606

バツをあたえるのは　よい日でないといけない

だから　今日もぞろ目の日
前の犬よりすこし大きい犬
カミサマとワタシに　ほえかかってきた
むやみにほえるのは、いけないことだから
バツをあたえなくてはいけない

＊　＊　＊

登校中、キワさんとの会話でじたばたしたけれど、学活以降ごく静かに時は経った。

一時間目は、ツルノ先生の地理だ。本名は、浜野なのに、見かけでそういう不名誉な呼び方にされた典型例だ。当の本人は、そこんとこは余り気にしていないらしく、何と呼ばれようと機嫌よく返事をしてくれるから、すごく大人を感じるんだけど、別のところでは、同様とはいかないようなんだよね。

頭とはアンバランスに豊かな口髭が、どうも自慢らしく、ちょっとでも髭の形が歪んだり濡れたりするのは許せないようだ。だから、髭のことは触らぬ神に祟りなしなんだ。からかおうものなら、宿題地獄は間違いない。これほどに大切なお髭さまだから、唾がかからないよう、激しく口を動かして形が崩れないよう、上唇を動かさずに喋るから、声がこもって聞き取りにくいことこの上ない。そうでなくとも、紅葉を促す日差しで日中の気温が上昇するこの季節、窓を少し開けておくのが普通でしょ？外の喧騒が入ってきて、一番後ろの座席の僕などには念仏のように聞こえてしまう。

けれど、そこは、名だたる受験高に属する都立高校である。生徒は大いに真面目で、こっそり内職はしていても、あからさまに騒いだり、さぼったりはしない。要するに、『自覚に任せる』というかつては大勢だった優等生相手の商売、じゃなかった授業なんだ。ま、それでも僕は割とこの内容は好みだったし、たまにキワさんが知識を付け足してくれるので、中々面白い。

理数系は苦手らしくって、何の役にも立たないキワさんだけどね。

前置きが長くなったけれど、こういう授業の場合、割と他所見を大っぴらにしても目立たない。お蔭で、朝、話題になった小野塚花音をぼんやり見ていた。不遇なローティーンを過ごした割に、欧米人並みに背高のっぽに育ってしまった僕は、問答無用で真ん中の列の最後尾に席があるので、どの席もゆったり見下ろしていられる。手も足も組んでいるのは、エラソーな訳でも他人を拒否してる訳でもなく、机の下に納まりきらず持て余してるだけだ。

彼女はというと、廊下側の先頭で、熱心にノートをとっている。几帳面な書き方だから、試験前にスマホでコピーが一斉配信されるに違いないけど、生真面目に握られたシャーペンがするすると動く様は、見ていて気持ちがいい。キワさんが言うように彼女を好きなのかどうかは、まだ微妙なところなのだけど、気になっているのは確かだ。きっかけは、このツルノの班研修で同じグループになったこと。

最初、クラスが同じになった時は、『気の強そうな女子だなぁ。あまり御縁のないタイプだな』としか思わなかった。切れ長の一重がきりっとした美人だけど、特に好きな顔立ちでもなかったしね。

だけど、班行動する内に、少しずつ印象が変わっていった。

決定打は意外と早くやってきた。三回目の校外学習で、清澄白河にある深川江戸資料館に行った時のこと。校外での活動は、各班のテーマに沿って決まるので、校内で資料集めをするところもあったのだけど、僕達の班は運動部系の男子達が、声を揃えて郷土館巡りを主張したため、必然的に校外学習が多くなってしまったのだ。

まあ、その活動内容はここでは割愛するとして、三回目の班行動というと、そろそろ緊張感や牽制といった状態から、ざっくばらんな関係になる頃合い。口の悪い奴の遠慮がなくなる時期でもあった。悪気はないんだろうけど、サッカー部の鈴木君が、

「佐藤、お前の母ちゃんって、縫い物下手なのねー」

と、チノパンツの繕った部分を指して言った。もう少し曖昧な問いならば、さらっとやり過ごせただろうが、意外なところからのストレートパンチは除《よ》ける準備がなかった。

事実を言えば、鈴木君がバツの悪い思いをするのは分かり切っていたし、かと言って嘘を言っても、後で事実を知ったらやはり歯切れの悪い思いが残るに違いない。こんな時はウィットに富んだ受け答えをすべきなんだろうけど、しどろもどろ、

「いや、自分で縫ったんだ。両親とも事故でいないから」

と、答えるのが精一杯で、一気に周囲の空気を暗くしてしまった。その時、すぱん、さくっと竹を割ったような言葉が割り込んできた。

「なんだ、鈴木君知らなかったの？　佐藤君てば、悠々自適の一人暮らしらしいわよ。アンタ達と違って偉いんだからぁ」

花音が爽やかに言い放つと、すかさず、もう一人の女子がちゃちゃを入れた。

「へー、佐藤君て、お一人様なの？　大変そうだねー。あたし、お手伝いしに行ってあげようか？」

心配そうに双方を見比べていた別の運動部の男子も、すぐそれに応えてくれたお陰で、一気に砕けた空気になった。

「一瞬嬉しげな申し出に聞こえたけど、おまえ、家事出来る女だっけ？」

「いやぁ、あたしってば、お箸も片付けたことはございませんわぁ」

「あっぶねぇ、いい鴨にされるとこだぁ。佐藤遠慮しろいぃ」

という楽しい会話になった。それで、

「わりぃ、佐藤。オレそういうことにスゲェ疎くて」

なんて、鈴木君も上手く流れにのって、ワビを入れてくれた。

その後は却って親しくなって、皆とは今も何気に良い関係だ。もちろん、他のメンバーにも感謝はしているけれど、この時から、きっかけを作った花音を、気が強いだけでなく、相手への気配りと思い遣りのある女子なんだなという認識で見るようになっていた。

しまった、今日は花音のことがメインじゃない。

彼女から視線をはずせずにいるのは、時々彼女の周囲をぐるぐるしている中年の女性が、珍しく途切れずにずっと見えているから。時には、するする動くシャーペンの上から手を押さえようとしたりしている。席が離れているので、何を言っているのかは分からないけど、何か言わんとしているのは、痛いほどよく分かる。頻《しき》りに花音に話し掛けては、哀しそうに見詰めたりして。

終いには、花音に疲れが見え始めた。多分、幽霊が近くにいると、生気を多少奪われてしまうのだろう。そんなことをキワさんから聞いたことがあるような気がする。キワさんみたいに、モノについてると大丈夫らしいのだけど、今回の場合それを指摘するのは場違いなくらい切羽詰まった感じを受ける。

以前からその存在には気づいていたのに、キワさんの余計な一言で、妙な胸騒ぎと、誰なんだろうという好奇心とが倍増されて、僕はその後の授業に全く集中できなくなっていた。

＊　Ｍ　＊　20091010

またぞろ目の日なので
今日は　もっと大きい犬だった
うんちを「ほうち」したバツ
今日はアナをうめるところまで全ぶだった
カミサマが「よくやった」とほめてくれた

＊　＊　＊

日々は特に意識しないと何となく過ぎてしまう。今はもう放課後。

――あのさぁ、笙ちゃん、おいらは自称笙ちゃんの兄貴なんだからさ。そら、君の私生活は最大の関心事なわけ。ヒマだしね。人間不信のまま、笙ちゃんの青春時代が暮れていくかと思うと、暗い気持ちになっちゃうのね――

「ヒマだからって干渉しないでよね〜。それに兄貴？　親父の間違いじゃね？　大体、暗い青春のつもりはないよ〜。今だって、マンガを交換するのに、クラスの田中君が日誌を出しに行ってるのを待っているのは、やっぱ青春まっ只中だからっしょ」

――んん、マンガが悪いとは言わない。おいらだって、ジャックは大好きだったよ。『進め海賊』とか、『ばうやくん』とか、知らないか？『亀無署』は分かる？　毎号楽しみにしてたよ――

「えっ、リュウさんって、そんな昔からやってんの？」

――そっ、単行本は、百何十巻目？　最近読んでねー。おいらにも見せてよ。昔っから、少年ジャック、好きなんだよね〜――

「キワさんてば、そんなに昔の分からあるわけないよ」

――昔の分って、いけね、また本題じゃないことで話に花が咲くところだった。だから、二次元の世界で終わるなよ。そうでなくても、ファミコンとか携帯電話とかパソコンとか、おいらには手に負えないような訳が分からないツールが増えて、一人遊びばっかかしてるみたいだからさぁ――

「一人遊び？　それをダメと言われても。一人暮らしだし、金は節約しないと大学行けないし、友達と遊び回る関係にはなれないでしょ。そういうことか、それこそキワさんが生きてた頃のようにテレビを観るか勉強するか、やることなんてないよ」

――そうかぁ、金ないと幽霊のおいら以上にヒマなのねー。あーっ、おいらなら大抵のことはお金いらないけどね。でもさ、勉強すりゃいいじゃん。将来の助けになるんだからさ。それに、勉強ならおいらもお手伝いできるつもりだけど？――

「って、試験を受けてる最中は、出て来てくれないじゃん。点数のお手伝いにはなってないよ」

――こら、それはカンニングと変わらん。おいらは、笙ちゃんが分かり易いように、点数に繋がるよう協力してるじゃんよぉ――

「なんだよ、威張っちゃって。僕が青春を謳歌出来る環境じゃないのは、キワさんが一番よく知っているでしょ」

――そうか……でも、恋はしろよ、笙ちゃん。生きてるんだからさぁ――

「恋って、確かに一人ではできないけど」

――そうだっ！　ちゅーしろ。花音ちゃんと初めてのちゅぅ～♪ちゅーは、しておくべきだぞぉ――

「エロッ！　言うことがおやじくさいんだってば。しかも名指しで言うな！」

――何を言うか〜。ちゅーは生きてる実感だ。おいらはそれが心残りだ――

「ええっ？　キワさん、未経験？　んじゃ、まさかの恋に破れて、命を縮めた感じ？」

――そんなにロマンチストじゃねーや。だけど、女の子の柔らかい唇には、今や触れることすら適わん。ふんっ！――

「な、何をえらそうに……ま、そ、その話はまた今度ね。田中君、来ちゃったからね」

＊　M　＊　20100107

お正月あけてすぐだけど
カミサマが　いい日だからとヨウイしていた
もう少し大きい犬だった
すぐほえるのはよくない犬だから
バツをあたえなければいけない
全ぶ一人でやったので　またほめられた

＊　＊　＊

今日の田中君は用があるらしく、マンガを交換するとさっさと帰ってしまい、僕は一人淋しく取り残されてしまった。彼は、マンガを他にも大量に購入しているから、多分マンガ代を稼ぐため、自営業の家の手伝いを帰ってするのだと思う。手伝いでバイト代が出るなんて、うらやましい限り。

僕もバイトをすれば、もう少し生活が楽になるかもしれないけど、色々お願いしている弁護士さんから、「高校生の間はなるべくバイトは控えた方がいいよ」と勧められたこともあって、自粛している。それというのも、じいちゃんが遺してくれたアパートの家賃収入だけだと、友達と遊び回ったり、塾に行ったり私大を志望したり、という生き方は出来ないから。

この弁護士さん、葉山さんというのだけど、キワさんから高校の同級生という関係で紹介してもらったんだ。大人げないキワさんと違って、年齢的になのか父親のように僕のことを心配してくれている。

「そう、お祖父さんが遺してくれたアパートの経営を上手にやれば、もっと利益を出すことも夢じゃないよ。改修費用を貯蓄するためにも、他の遺産や家賃収入は、なるべく触らないよう運用してるよ。大学生になったら、アパートをどう経営するか、改修する方向性も合わせて、一緒に考えよう」

なんて本気の提案をしてくれているので、当面ビンボー高校生に徹することにしたわけ。それにしても、じいちゃん感謝。自分もアパートの一室に住んでるから、住居費はないに等しいもんね。

いけね、また話がズレた。

ともかく、田中君が帰ってしまったので、これ幸いと、スマホを耳に当てて、手鏡をチョチョイとつついた。キワさんからすると、それでも大揺れなんだろうか？　スマホをどう扱っても、キワさんから不平や文句を聞いたことがないので、その辺のことはよく分からない。今度、聞いてみよう。

「キワさ～ん、また一人になったから続けよ。えー、それで、花音がどうかしたの？」

――筆ちゃんも、おいらが何を言いたいか、薄薄気付いてるんでしょ。あの子の周りに時々現れるおばサンのことだよ――

「あー、もちろん、今日は随分しつこかったね」

――で、そのことなんだけど、もう誰だか気が付いてる？――

「いや、そこまで追視してないけど？」

――ちょっと前まで、おいらも知らなかったんだよ。基本、おいら達幽霊族が、わざわざ他の幽霊に声をかけることはないからねぇ。実際、おいらも、この十数年の内、話したことがあるのは十指にあまる程度だし。多分他の奴等もそうだろうし

――

「そうなの？　交流とかしてるんだと思ってたよ。週に一度くらいのペースで近くの人達の集まりとかありそうだなぁって」

――でもねぇ、何しろ、幽霊同士だと、ろくな話にならんからな。どいつもこいつも、自分の言いたいことばかり言い合うだけだから、会話になる方が少ないよ。それでも、偶《たま》にそうでないやつもいるけどね。わざわざ探さないでしょ？――

「うーん、分かるような気はするな。えー、でも知りたいよなぁ。どんな話とかするんだよ。もしかして、僕の父ちゃんや母ちゃんとも話したの？」

――まあ、そうくるよね。うん、ハナシが長くなるから、それはまたの機会に教え

ることにしよう――

またの機会って何時のことだよ、はぐらかすなよ、という言葉は飲み込んだ。キワさんが嘘をつくことは、経験上ないと思っているし、僕にとってはこの能力に期待している唯一のことなのに、話を丸められたくもないから念押しだけにしておこうと、心の中で自分を納得させて続きを促した。

「必ずだよ。で、結局？」

――それで、花音ちゃんにくっついてるおばサンが、先週末から今までと違って、しつこいし叫んでるから。とりあえず話さないまでも、叫んでる内容くらいと思って、近くに寄ったら、まあ、『行っちゃだめ！』の繰り返し。これじゃ埒があかねぇやと思ってさ、顔の真ん前に顔を突き出して『理由は何？』って詰め寄った――

「もう！　僕の質問は平気でスルーするくせに、幽霊には答えを強要してるんだ？あーもう、さすがキワさん！　いい根性してるよ。それで、先祖の霊が危険を教えてくれました的な？」

――こら、先祖の霊様を腐《くさ》してんじゃないよ。偶に本当のこともあるんだからね。

でも、まあ、多分近いんじゃないかな。あのヒトね、花音ちゃんの親友の小安美里ちゃんのお母さんなんだよ

「小安美里？　あー、クラス違うけど幼馴染とかで仲いい子だよね、確か。そうそう、動物霊がいっぱいまとわりついているんで、妙に印象に残ってるよ」

――そうそう、その子。うんうん、確かに犬とか猫とか色々周りにいるよね。なんでだろ？　あんまり気にしたことなかったなぁ――

「動物霊もおばサンのことと何か関係があんのかな？　微妙によく分かんないよ。にしても、なんで、美里の母ちゃんが花音のとこに居んだよ。先祖じゃないじゃん。一緒にいる時に何か危険な目に遭うとか？」

――確かに、あれだけ動物霊がいるのに、あのヒト気にしてないし、なんで美里ちゃんじゃなくて花音ちゃんなのかってとこも、今一つ分からないんだけど、どうも『今週美里ちゃん家に行くな、二人で遊ぶな』って騒いでんだよね――

訳が分からず、二人で首を傾げるしかなかった。

＊　Ｍ　＊　20100227

このノートは今日でおしまいにします
もう書かないことにしました

二〇一〇年二月二十七日（土）

こっちのノートがあればいいから、あっちのノートはやめた
あんなのは、日記じゃないよ
まるで『記ろく』みたいだし
もう二度と書きたくない
読まれてるの分かってるし
しつこく書くように言われたらどうしよう
でも、あれももうお終いにしたいもの
そろそろかなって思ってた土曜日なのに今日はなかった！

ものすごくほっとした
この前は元ケーサツ犬のシェパードだった
大きいからタイヘンだったのもあるけど
バツって、ほんとうにイミがあるの？
いろんなお仕事ができる子ばかりなんだもん
その前は元もーどー犬だったし
これからもっと大きい生き物にもするの？
これって、ほんとうにみいちゃんがしなくちゃいけないこと？
カミサマが、ううん、お父ちゃまが自分ですればいいのに
アナをほるところはいくらでもあるっていわれても
みいちゃん、もうがんばれない気がする
どの子も、ちっともワルイ子に思えなかったもん
やめたいな
どうしてもやめたいな
でも、そんなこと言ったらもっとぶたれるのかな

どうしたらいいのかな
お母ちゃまには知られたくない……

そうだ、花音ちゃんにきいてみよう。
花音ちゃん、すごくアタマがいいしやさしいもの
何かいいように言ってくれそうな気がする

第二章　紅嵐《あかあらし》に吹かれて

＊　＊　＊

そんな風に、幽霊が絡んだ恋愛話の延長のような感じで始まったことは、ほんの数日の内に、僕とキワさんに深刻な影響を及ぼす事件へと発展してしまった。

それまで、ただ見守り、時には父のように時には友のように接してくれていたキワさんと、世間から少し離れた感じで平穏に過ごしていた僕が、初めて積極的に他の幽霊と関わるようになった事件でもあった。

＊　美里　＊

「お父ちゃまのおバアちゃまが死んじゃった」

小安美里の明確な記憶は、父方の祖母の葬式から始まっている。美里がランドセルを背負い始めて、まだ二カ月程度しか経っていない頃のことであった。もっと前からのことを憶えているような子どももいるものなのに、美里の記憶はそれ以前を拒否するかのようにこれっぽっちもなかった。父に言われて日記をつけるようになってからは、嫌でも思い出してしまうというのに。

ともかく、どのような経緯かはおくとして、母方の祖母も同居して、父親以外女ばかりの家であった。二人の祖母、母親と、学歴教養とも申し分ない大人の女性に囲まれて、美里は大層慈しまれて育った。

父方の祖母は、小学校の教員を長く勤めた人で、子どもの成長を穏やかな目で見守ることの出来る人であった。勉強の学ばせ方も、脅迫的でもなく押しつけがましくもなく実に上手だったので、美里が後々まで優秀な成績を修め続けたのは、この祖母が勉学の基本姿勢をしっかり教えたことが大きかったようだ。

母方の祖母は、女子大の家政科を出て、家事一般以外にも茶道や華道にも通じた優れた人であったから、家庭生活で美里が不足を感じるようなことは何もなかった。思い遣りや当たり前の優しさといったことは、この祖母の影響が大きかっただろう。

母は音大のピアノ科を優秀な成績で卒業した人であった。しっかりした人格者と見受けられた両祖母と比べると、線が細く気弱で儚《はかな》げな女性であったが、こと音楽に関する情熱は、子どもの目からしても憧れを抱くところであった。

そんな優れた女性に囲まれて育ったものだから、殊更《ことさら》お稽古事などに通わなかった。家にいれば、優しく導いてくれる人に事欠かなかったのだから。

いつからかは定かでないけれど、完全に一人になることはなく、小学校入学以降も帰宅すると、どちらかの祖母か母の誰かが必ず付き添ってくれていたし、それに疑問を感じるような接し方もされたことはなかった。

大学教授である父は家を空けることが多く、一緒にいられる僅かな時間は大切にしなければならないと、常識的に考えれば、父親といる時間をあえて作ろうと思うものだが、美里の保護者達はそういう点は無頓着だったようで、父と二人きりで過ごすことは極めて稀だった。

女性だけが保育するような歪《いびつ》さも、いくらそうと感じさせない接し方をしたとしても、聡い子どもなら、就学と同時に周囲の子ども達との交流が深まるにつれ、疑問を抱いてもおかしくはないだろうが、この場合不幸なことに、美里は受け身で素直な性格だった。いつも母達と一緒だったせいか、子ども心に、父は遠い存在で、少しも身近に感じられない大人だったので、美里自身もそれを不幸に思ったことはなかった。彼女なりに父が「エライ人」だからだろうと思っていた。

いずれにしろ、そういう安定というものは、形成するピースの一片が欠けただけで、瓦解するのが常であろう。それが崩れたきっかけは、この祖母が亡くなったことであった。慈しんでくれた祖母の死を、もう理解出来る年齢に達していた美里は、お葬式の間中泣いていた。そこへ美里から離れ難いというそぶりで珍しく並んで座っていた父が、時間をかけてそれは丁寧に慰めてくれた。

「お祖母ちゃまはね、心臓のご病気だったんだよ。それで、お風呂の中で急に心臓がいけなくなったんだ。きっと、『もういっぱい生きました。御苦労さまでした』って、神様に呼ばれたんだよ」

「もういっぱい生きたの？　ごくろうさまなの？」

「そうだよ。もう美里も大きくなってお祖母ちゃまのお手伝いがいらなくなったから、神様のところに来てもいいよってことなんだよ」

「そうなの？　おバアちゃま、ちっともご病気に見えなかったのに、悪いところがあったの？　だけど、みいちゃんはまだおバアちゃまともっとお話したかったよ。だって、大好きだったし、もっとご本を読んでくれるってお約束してたのに」

「ご本は、高林のお祖母ちゃまやお母ちゃまに読んでもらえるでしょう？　それにほら、去年の秋、お祖母ちゃまがお出かけしてた日、久しぶりに美里とお父ちゃまが仲良く遊んでいたら、お祖母ちゃまが急に帰って来て怒ったことがあったでしょ？」

「怒ってた？」

「そうだよ。『何をしているの？　女の子は女の人といなくちゃいけません。お父ちゃまと二人きりで遊ぶなんて、いいお家のお嬢様がすることではありません』って」

「みいちゃん、覚えてないよ。お父ちゃまも怒られたの？」

「そう、とってもね。お祖母ちゃまはね、お父ちゃまと美里が仲良くするのが嫌なんだよ。自分じゃない人が、美里と一緒にいると腹が立つだけなんだよ。嫉妬って言うんだよ。だから、きっと神様が、『もうそんな気持ちになることはないよ、お父ちゃまと美里が仲良くするのを天国から見守ってあげなさい』って呼んだんだよ。きっと、天国で幸せだと思うよ。それにね、美里がお父ちゃまと一緒にいることは、とってもとっても大事なことなんだよ」

　いつも穏やかな目で美里を見守ってくれていた祖母と、初めて耳にした『嫉妬』というどろりとした言葉の響きとが、上手く心の中で共鳴しなかった。そして何よりも『自分じゃない人と一緒だと腹が立つ』なんてちっともおバァちゃまらしくなくて、とっても変だと思った。けれど、死んだら天国に行くことがどういう意味かは分からないなりに、『天国で幸せ』という言葉は心に沁みた。

「じゃあ、おバアちゃまはみぃちゃんがいなくても淋しくないんだね。それで、これからは、お父ちゃまとみぃちゃんが、二人で仲良く遊ぶの？　いっぱい？」

お父ちゃまと二人っきりになるのは、ちょっと怖い。今だってお隣に来た時にはちょっぴりドキドキしたけれど、優しい言葉をかけてくれて嬉しかったし、とっても大事なことなのなら仕方がない。それに、どんなことをして遊ぶのか、ちょっと楽しみな気もしていた。だって、お父ちゃまと二人きりなんて初めてみたいなものだもの。

「そうだよ。もっと仲良く遊ぶ時間をつくろうね」

祖母の遺影を見ながら、そう答えた父の目が冷たく光ったことに、涙が止まらず俯《うつむ》きがちに受け答えしていた美里は、少しも気付かなかった。

＊　＊　＊

そもそも、僕が見えていると気付いて関心を向ける幽霊は、そう多くはない。というより、今までのところ、気付いても知らないふりをされる場合が多かった。キワさんが傍らに控えているからという訳でもなさそうだ。まだ、じいちゃんやばあちゃんが健在の頃からだから、幼い僕に気を使ってくれていたのかもしれない。普通に考えれば、平凡な人間同士だって、そうそう他人に好奇心を抱くことはない。相談事をするにしても、相手が誰でもいいということはないものな。

だから、何か訴えたいことがある幽霊だって、相手かまわず姿を現して話したい訳じゃない。ちゃんと自分の訴えを受け止めてくれるかどうか、通りすがりで分かるはずもないし、『見える』『聞こえる』奴がたとえいたとしても、ふざけた人間じゃなくて、信用できるかどうか、そう簡単に判断できるわけもない。

そりゃ、話し甲斐がない相手じゃだめでしょう。

その辺は、生きてる人間と少しも変わりはないんだ。というのは、キワさんの受け売りだけど、気が合う合わないレベルが、ちゃんと霊にもあるってことで。もちろん、僕とキワさんは相性ばっちりだそうで……幽霊と相性がいいことが嬉しいかどうかは別にして、だからこそ、これだけうじゃうじゃ存在している霊達が、敢えて僕に関心を抱くことはないし、僕も一々気にしてない。平和な共存関係が成立している。

最近は新しい霊と行き交っても、それでたとえあっちが僕に気がついても、有難いことに大抵の場合、キワさんを見て、遠慮してくれる。そうそう新しくご友人になってたら疲れちゃうもんね。

そうやって離れたところから見てるみたいな姿勢でいたために、花音の傍にいたおばサンも、かなり以前から存在に気がついていながら、そういう縁のない幽霊の一人としてしか認識していなかった。ただ、その格好だけはやけに奇異で目を引いたから、覚えてはいた。だって教室にそぐわないことこの上ない。何しろ、風呂上がりらしくタオル地のガウンを着て、髪は濡れ濡れで、ターバン状の手拭いから食み出した一筋の後れ毛からポタポタポタポタ……エロイというより暗いところで見たら、悲鳴を上げそうだ。そもそも、昼過ぎでもかなり冷える時分だから、いかにも寒そうだし。

キワさんに言われてよく見ると、結構綺麗なおばサンなのに、全く自分の服装に気付いてない。まだ自分が死んだと分かってないのかもしれないし、自分のことより気になることがあるのかもしれない。折角好きな服装が出来る立場だというのに。

そんなことは、さして重要なことじゃないか。

ともかく、必死に叫んでるし、格好が格好だけに、その真剣さに鬼気迫るものを感じてしまう。生者ならば、声を振り絞って大声を出しているような様子なのに、目から入る情報とは裏腹に、耳を澄ましても、何を叫んでいるのか全く聞こえなかった。

花音にさえ届けばいいというつもりなのかもしれない。

＊　美里　＊

「さやこおバアちゃまも、みいちゃんをおいて行っちゃうの？　ううん、そうじゃないね。お父ちゃまの言う通り、みいちゃんがいけなかったんでしょ？　あんなところに置きっぱなしにしたんだもん。いつもの通りだから間違っちゃったのかな？」

九歳ともなれば、人の死には死の原因と言うものがあることくらい知っている。事の具体的な因果関係が推察できているわけではなくても、分かり易く説明されればちゃんと理解できる。

母方の祖母の死は、ガーデニング用の農薬の誤飲であった。経緯については、両親から既に警察に詳細が提出されていた。祖母と父と美里が三人で、庭で行なっていたおままごとが遠因だった。残暑厳しい折、大好きな祖母に咽喉を潤してもらおうと、おもちゃの食器に本物のジュースを用意して、祖母を誘ったのだった。

美里の本心は日記につけたけれど、おままごとのお道具になぜそんな怖いお薬が混ざってしまったのか、記憶がなかった。ただ、用意をしたのは自分だったから、両親からひどく叱られても仕方がないと思った。

「おバアちゃまに、みいちゃんがご用意してあげただけだもん。冷蔵庫のりんごジュースを入れただけだもん。みいちゃん、そんなこと知らないっ」

「冷蔵庫のりんごジュースには何も入っていなかったと、警察の人が言っていたよ。だとしたら、美里の用意したおもちゃの器の方に何か入っていたんだろう？　美里は前回ガーデニングごっこをして遊んだ時に、農薬を入れた器をきれいに洗って、お道具箱にちゃんとお片づけしてなかったんじゃないかい？」

「ちゃんとやったも……ん」

だと思うのに、段々自信がなくなってきた。

「そうかな？　確か、お皿と何かの器を、遊んでいる途中で取りに行ったと思うよ」

「みいちゃん、正直に言ってちょうだい。何か入っている器を持って来ちゃったんじゃないの？」

「知らないっ、みぃちゃん、分かんないっ」

多分あの時のを間違って持って行っちゃったんだ。でも、あのことは、お父ちゃまに秘密にしなくちゃいけないって言われてるんだもん。誰にも言えない。ごめんね、お母ちゃまにも言えない。

「お祖母ちゃまが亡くなったのよ？　ごめんじゃ済まないのよ」

「でも、みぃちゃん、わざと入れたりしないもん」

「美里、おままごとは美里に向かないんだよ。もう、あれで遊ぶの止めよう。おままごとのセットはもう捨てるからね」

そんな間違いを犯してはいないという自信が、美里にはなかった。そうかもしれない……だとしたら、おバアちゃまが亡くなったのは、自分のせいだ。

美里の中で、何かがくにゃりと歪んだ。

＊　＊　＊

以前、キワさんに聞いたことがあった。

「最初からこの手鏡に取り憑いたの？」

――取り憑くって、厭だなぁ。止めてよ、そういう表現。おいらの中じゃ、棲んでる感じなんだけどな――

ぼやきつつ丁寧に語ってくれたところによると、幽霊になりたての頃は、人に乗り移りたいと思っていたそうで、相性がよい人を一生懸命探したらしい。やはり、死んでしまうことが受け入れ難く、なるべく人間らしい生きているという体感を失いたくなかったから。ところが、上手く身体に入り込めて生きてる感じを得ることが出来て嬉しかったのは、最初の内だけで、何人かで経験すると嫌気が差してしまったとか。

何しろ、人間というのは欲望の塊だ。

――考えてもみてよ。本音が丸分かりなんだよ――

「うわぁ、それは知りたくないなぁ。建前ばかりでも疲れるけど、良さ気な人の暗部には触れたくないもんな。うん、分かる気がするよ」

――まあ、そんなことで人間は止めて、次は動物にしてみたら、これが意外に大変。欲望は単純だけど、おいらが行きたくもないような場所に入り込んだり、虫食ったり、人間に殺されたり、落ち着いていられないんだよ。ってなことで、物にして、色々捜しまわった挙句、この手鏡が一番居心地がいいってので納まったって訳――

「なんだぁ。手鏡の持ち主が美人だったとかじゃねーの？」

――ま、そこんとこはいつか話してあげよう、むふふふっ――

「何だか、イヤラシイなぁ。で、物に取り憑いたら取り憑いたで、ばれて除霊とかされちゃったりして？」

――除霊？　ちゃうちゃう。お念仏で眠くなるのは人間とおんなじだよ。ただ、時間感覚が生きてる人間とは異なるから、除霊できたと勘違いされるくらい長く寝ちゃうことがあるってだけだよ。以前、おいらの知り合いに、いたよ。念仏聞いて眠っちゃって、気がついたら二百年くらい経ってたってツワモノ――

「どんだけ眠いんだよ。んじゃぁさぁ、テレビとかで、完全に除霊出来るのを売りにしてる人達とかを紹介した番組を観たことがあるけど、あれはどうなの？」

――じゃらじゃら、がんがん鳴らすやつ？　あれは、煩くてそこにいられなくなるだけだよ。大抵は、本人の意思でそこに留まっているから、別の場所を探せばいいからね。その意味では除霊になるのか？　ま、いずれにしろ成仏はしてないよ

「成仏は別なの？」

――そ！　生まれ変わるとか、昇天するとか、自分で決めない限りは、幽霊のまんまだよ。誰でも幽霊のまま留まることは出来るんだぜ。普通は、死んだことを受け入れて、ちゃんと昇天すんだけどね――

「あのさ、その内死後の世界のことも聞かせてよね」

なんて会話をしたことを思い出したら、じゃあ、花音の傍にいるおばサンをこの世に引き留めているものは一体なんだろうかと気になって仕方なくなっていた。あんなに一生懸命叫んで。僕は何だか可哀そうになって、確かめた。

「キワさん、あのヒトどうにかしてあげられるの？」

――分からん。内容によるから。ともかく『今週美里と遊ぶな』という声の意味が分からん。もっと話してみないことには、どうにかしようがない。なのに、あのおばサン、叫ぶのに夢中になり過ぎていて、おいらに気付きもしないんだよね。で、こうして笙ちゃんに相談してるわけ――

『遊ぶな』ったって、この年になって遊ぶって？　例えば、僕ん家の近所で秋祭りがある時季だから、そういう行事に参加して、何か事件か事故かに巻き込まれるとか？

キワさんの問いの元になっている事柄が不明瞭なので、何も具体的に答えることなく、ただ、漫然と色々な想像をしているだけだった。

＊　花音　＊

二〇一〇年三月一日（月）

「花音《かの》ちゃんって、お父さんと二人で遊ぶ？」

年齢の割に幼い喋り方をする美里の言葉は、時に聞き取りにくいこともあるけれど、もう大体予想がつくくらい慣れている花音《かのん》は、この唐突な問いにも何の迷いもなく答えることが出来た。

「うーん、小さい時はあったと思うけど。写真とか残ってるもの。でも、三年生くらいからないかなぁ。人形遊びもおままごとも、お父さんとだとつまんないし。家のお父さん、帰って来るの遅いし、土日は寝てばっかりだもん。たまぁにテレビドラマとか見たりゲームしたりはするけど。あともうちょっとで六年生だもの、お父さんと遊びたいとは思わないかな？　みいちゃんは、お父さんと今も一緒に遊んだりするの？

そんで何すんの？」

「うん、いろんなごっこ遊びするの」

「ごっこ遊び？　そうなんだ、お父さんと遊んでもつまんなくないの？　いいなぁ。花音もお父さんとたまには遊びたいとは思うんだけど、面白くないから、つい『もういいよ』って言っちゃうんだぁ。でも、ＴＤＬとか行くのは別～。春休みとかＵＳＪにも行けたらいいのになぁとは思う。みいちゃんがしてるってことは、お父さんとのごっこ遊びって面白いの？」

「面白くないよ！　花音ちゃん、ぜんっぜん面白くないよ。あのね、あのね、花音ちゃん、みい、ホントは、お父ちゃまと遊ぶの嫌なの。すっごく、嫌なの」

　美里は大人しい。仲良しの花音相手ですら強気で何かを主張するのを見たことがない。その存在というか生き方そのものが全体に受動的なタイプだったから、『嫌』という意思表示をすることすら大層珍しかった。もしかすると皆無であったかもしれない。それゆえに、花音は、初めて美里の口からそんなセリフが出たことに驚いて、ものすごく興味を引かれると同時に、何となく不安になった。まだ小学生とはいえ思考力に優れた花音は、この会話はなるべく疑問を残さないようにしておかなくてはいけないような気がした。

「どうして嫌なの？　お父さんが嫌なの？　他のことが嫌なの？　それに、どんなごっこ遊びするの？　花音もするようなこと？」

矢継ぎ早の質問に、少し内向的になりながらも、美里自身が言い出したことをどうしても花音に伝えたいらしく、拙《つたな》いながら懸命に言葉を重ねた。

「お父ちゃまが嫌いなのかどうかは、よく分かんないの。うんと、多分好きだと思う。あ、あのね、ホントはお父ちゃまに、他の人に言ってはいけないって言われてるの。だから、どういうごっこ遊びかは言えないけど、みいちゃんは好きじゃないの。そんなことちっともしたいと思わないし、それをしているととっても苦しくなって、夜は眠れなくなっちゃうの。きっと花音ちゃんはそんなごっこ遊びしたことないと思う。すっごく、すっごく厭な遊びだもん」

「そうなの？　そんなに嫌なの？　止められないの？」

「うん、嫌。でも、やらないとお父ちゃまが、おこ、怒るの」

今にも泣きそうに顔を歪めている美里に、それ以上問うことは出来なかった。それでも、その遊びから、何とか美里を引き離すことはできないだろうかと考え始めた。

だって、みいちゃんはわたしを頼ってくれたんだもの。

＊　＊　＊

こんなに大きなガラス窓を、なぜ学校のようにイタズラ小僧が集う場所に使うのか、僕には不思議でたまらない。加工ガラスというが、大きな塊で落ちてきたら危ないことに変わりはないのではないかと思う。明かり取りとか解放感とか理由は色々あるんだろうけど、やんちゃな男児が存在する限り、結構綱渡りじゃないのか、なんて思いつつ、普通の家にはない大きな窓から入る西日を僕は目で追った。

廊下近くまで差し込んだ夕日で薄暮に染まる教室は、単に美しいというよりも一種の郷愁を誘う。成人して、その日の生活に追われるようになっても、話の内容がないままこの光景を俯瞰して見ているような映像を思い出す気がする。

なんでだろう。

ああ、そうか、中学からほぼ帰宅部だった僕には、薄紅に染まる教室の記憶が今までなかったからだな、とふいに淋しい気持ちに捕らわれた。確かに、高校生になってから友人はできたけれど、こんなにも当たり前の日常の一コマも、僕には縁がなかったのかと気付いてしまったから。

それでも、僕には、実体がなくて抱きしめてくれたりはしないけれど、誰より僕を知っていて、心から心配してくれるキワさんがいる。一人でご飯を食べることも、一人でテレビを観ることもなく、話しかけると応える人がいる。それは何て有難いことなんだろう。思えば感謝の気持ちでいっぱいになる。だから、キワさんが持ちかけてくるコトは、それがたとえ僕絡みではなくても、一緒になって何かしたいなという思いが強い。

まして花音は、僕が初めて気になっている女子だし。

そんなふうに胸を熱くしつつも、どこか冷静に周囲に人の気配がないことを確認しながら、キワさんとの会話を続けた。

「相談って言われてもなー。僕は、見えたり聞こえたりはするけど、交渉したことはないもの。キワさんにどうにかできないことを、僕がどうにかできるとは思わないけど、僕にどうして欲しいの？」

――ともかくあのおばサンと一度話せるかどうか試してみてよ。おいらだけじゃなくて、生きてる人間からのアプローチがあれば、落ち着くかもしんないからさ――

「試すったって、人前では無理だよ。校内では人目が多すぎるし、少なくとも花音に気付かれないようにすること自体、無理があるように思うけど？」

――う～ん、花音ちゃんに打ち明ける？　そうすれば、笙ちゃんのことを丸ごと理解できる人が増えるし、彼女にはなってくれなくても、何でも話せる親友のような人にはなれそうじゃん。花音ちゃんって、すごくイイヒトじゃん。だからさ、ここは、かみんぐあうと～が、一番早道だと思うなぁ――

「確かに、誰かに打ち明けて楽になりたい気持ちはあるよ。でも、生きてる人間で知っている人がいなくても生活に支障はないし、キワさんと話せるようになったのは、僕にとっては生きてる友達が沢山いることよりもっとずっと、何ていうのか……感謝してんだよ。だから、無理に親友を作ろうとは思ってないよ。それに、もし花音に打ち明けるとしても、こういう緊急の場合ってのは何だかずるくない？」

――泣かせるね～。でも、生きてる人としか得られないこともあると思うよ。それにね、緊急の場合だからこそ言い易いのと違うんかい？　笙ちゃんが特異体質で、普通の人が知りえないことを知ることが出来るのを説明し易いでしょ？　今度の土曜日どこに誰といる予定なのかとかさ——

「そうかもしれないけど、やっぱ、やだよ。信じてもらえなかったら、相談されていないようなことを知ってる僕はいきなり変態かもしれないじゃん。ストーカーとか言われたらどうすんのさ」

——ストーカー？　それは、おいらの世代じゃ、思いも寄らない発想だわねー

——

＊　花音　＊

二〇一〇年三月一日（月）続き

美里から父親とのごっこ遊びについて聞いた日の夜、花音はすぐ母親に相談した。母の返答には、それが花音のことであろうと別の人のことであろうと、いつも優しさを感じるから、きっと美里のことも一緒に考えてくれるだろうと思った。その日も、花音と目を合わせると何かを感じ取ってくれたらしい母は、僅かの間、真剣な面持ち

で首を傾げた後、即座に提案してくれた。

「そっか、じゃあ、花音《かの》、家に呼んであげたら？」

「あーそうだね。さすが、お母さん。ナイスぅ。うん、そうする。それって、花音も楽しいしっ」

その相談に少しゾクリとした感じを抱いたことはすっかり他所に、その晩、花音は新しい思い付きに胸を躍らせながら、翌日が待ちきれなくて中々寝付けなかった。

どうしても美里にその気分を直ぐにも分けてあげたかった。それで、授業が終わると、一緒に帰ろうとクラスの終わりの会を待った。ランドセルの肩ひもが、今日は妙にきつく感じた。学校の門を出て、周りに人がいなくなったら、言おうと決めた。

二人は目を見合わせると、黙りこくって並んで門を出た。いざ言葉にしようとすると、急に怖いという感覚がやってきた。こんな風に誘うのが本当にいいのかどうか、恐ろしいことが待ち受けていないか、何か大切なことを忘れているような気がした。

けれど、先に何が待ち構えているかなんて分かるわけないけど、頼ってくれたみいちゃんのためだもの、ともかくやってみるしかないと決心して切り出した。

「あのね、みいちゃん、この前、お父さんと一緒に遊ぶの嫌だって言ってたでしょ？

だったら、これからはお父さんが帰って来る日は、花音ん家に行って花音と一緒に遊びたいって言ってみたら？　お父さんとはしない遊び方が出来るからって言えば、きっと大丈夫だよ。だって、お人形とかドールハウスとか、みいちゃんって持ってないモノがたくさんあるでしょ？」

「花音ちゃん家に？　花音ちゃんと？　お人形とかで？　わー、とってもすてきねー。うん、みいちゃんも、そういうことして遊んでみたい。えと、曜日がわかんないけど、平日はいつでも大丈夫？　土曜日でも大丈夫？」

「うん、平気。もし、ピアノとかある日でも、お母さんに言っとくから、家に来なよ。いじめっ子が外で待ってるとか言えば、花音の家に来てもきっと大丈夫だよ」

「うん！　そうする。きっとそうする。花音ちゃんの家がいい。花音ちゃんと遊びたい。お父ちゃまとごっこ遊びするのより、うんとうんといいと思う。ぜったい、そうふうに言ってみる」

「よかった。じゃあ、お母さんに言っておくね。みいちゃん家だと、花音がいてもお父さんが来ちゃうかもしれないもんね」

何気なく付け加えた最後の一言に、美里は一瞬胸を突かれたような表情をした。花音は、どうにもならないほど胸が痛んだ。

『みいちゃんはわたしが守る』という新たな使命感が芽生えていた。

＊　＊　＊

――だけど、花音ちゃんてさ、そういう早とちりをするようなタイプには思えないけどねぇ。ただ、確かに、いきなり信じるというよりは、ちょっと様子をみるかもね。せめて実証できるような何かを見聞きするまでは。ちょっと科学者っぽいもんね、あの子。そうすると、今まさに渦中の緊急事態には対処できないかぁ――

「早とちりとか勘違いとかって、そういうこと以前に、そもそも、僕と花音はまだ普通に二人きりでお喋りしたこともないよ。いきなり重たい話には出来ないよ」

――ええい、純粋異性交遊は遠慮があってじれったいっ！――

「じゅんすいいせいこーゆー？」

――あ？　おいら達が若い頃はね、いくとこまでいく恋人関係を、未成年なのに不純な異性交遊ねって揶揄《やゆ》したもんなのよ。それの逆を言ってみたのね――

「あのねー、漢字を並べてたから真面目なことかと思えばぁ。どうしてそう表現がエロいんだよ。どういう頭の構造してんだか。今回は猛烈に真面目な話でしょ〜」

――っ！　――あああああ、なんてメンドクサイ男なんだっ。おいらが直接話せたらいいのにっ！

「あっ、それだ。それ、それが一番だよ。何で気が付かなかったんだ？　急いでやってみてよ」

これはビンゴでしょーと、期待に満ちた視線を送ったら、ものすごぉくあきれて冷たい表情が返ってきて、あっさり却下。

――あのねぇ笙ちゃんてばっ、おいらと知り合ってから一体何年経つと思ってんのよ。おいらが、試してみないとでも思ってんの？　夜、彼女がうつらうつらし始めた時なんかに、一生懸命話しかけてみたよ。でもね、あの子は現実主義というか科学的と言うか、そもそも幽霊を信じてないみたいだから、全く反応なしなんだからね。さすがのおいらもあきらめたよ――

そりゃ、そうだよな。そういう大事なことにいつまでもキワさんが気付かない訳ないよな。そっか、もうチャレンジしたのか……？　って！

「よ、夜って、まさか女の子の、ああうー花音の寝室に入ったの？」

――何をぉ、今更ぁ。おいらは幽霊界長いのよ。妙齢のご婦人の寝室くらいで何を仰る、風呂場じゃねーやっ、ふんっ！――

「って！　覗き魔！」

――失礼な！　にしても、どうしてそこんとこで話が止まるのかなぁ。あっ、笙ちゃん、そーれーはー、まさかの嫉妬？――

だって、そりゃ、ねー……キワさん一応男性だしね。おやじだけど。幽霊だし、普段から何かとエロ発言が絶えないし、何かニヤニヤした顔が想像出来ちゃうし、大体同級生の僕だってそんなこと……

うおっ、これって嫉妬なの？

しっとぉ〜〜〜

ば、ば、ば、ば、ばかなぁ〜

＊　美里　＊

二〇一〇年三月二日（火）

毎週火曜日は、母の美夜子がピアノを教えに行く日のひとつで、中々帰って来ないことが多いから、大抵父の翔三とごっこ遊びをすることになる。止めたばかりだけど、例の日記もとい記録を振り返れば一目瞭然だ。

案の定、父は色々事前の用意をしているようだった。

いつもその日どうするかを、前もって教えてくれたことはなかった。ただ、美里の学校の予定は細かくチェックしていて、遠足や社会科見学、行事の練習で少しでも遅くなる日は、決行したことがなかった。

美里が父としているごっこ遊びは、母には何だか知られたくないから、ピアノの日なのはいいのだが、心の奥深いところでは、母に見つかって、叱られたら止められるような気もしていた。することが決まった日には、母の生徒さんが、急にお休みしないだろうかと、期待をこめていつもこっそり考えるけれど、そんなことはまだなかった。もしそうなったら父は何て母に言うのだろうか？

「まあいいや。きっと自分で何とかするしかないんだね」

急に何か起きない限り、きっとこのままやることになるだろう。だけど、何があっても今日は父に言わなくてはいけない。折角、花音ちゃんが美里のために考えてくれた『逃げ道』だもの。ここで断らなければ、もう相談する勇気は持てないだろうから。

案の定、支度の終わった父は、美里をじろりと見下ろして言った。

「さあ、美里。今日も悪い動物をお仕置きするよ。今日は、」

「お、お父ちゃま、み、みいちゃん、やら、やらない」

「美里、大人のお話に途中で口を挟むのはいけないことだよ」

厳しい表情の父が、怒り始めたら勢いに乗って手がつけられなくなるのはいつものことだから、そうなる前に言ってしまおうと覚悟を決めた美里は、力を振り絞って話し始めた。

「お父ちゃまと遊ぶと、不思議に思っていたことが分かるし、罰を与えないといけない生き物がいるのも分かったけど、みいちゃん、そんなにやりたいと思わない。みいちゃんがしなくてもいいと思う。カミサマのすることだと思う。大学の先生でエライお父ちゃまがするのがいいことだと思う」

ちゃんと言わないといけない言葉を前にすると、気持ちがくじけそうになるけれど、スカートの裾をぎゅうっと握って父を見上げると、一言一言きちんと言葉にした。

「だから、もう、お父ちゃまと遊ばない。みぃちゃん、お友達とお人形で遊んだり、ゲームしたりする方が好きだもん。バービーちゃんやドールハウスを持っているお友達もいるんだよ。とってもきれいなの。だから、お父ちゃま、ごめんね」

何となく花音ちゃんの名前は出したくなかった。他にもお友達がいるような言い方になったけれど、一人しかお友達がいないことはなぜか言いたくなかった。

ちょっと表現できないような怖い顔をした父が、怒りを含んだ声で返答した。

「もうお父ちゃまのこと嫌いになったの？　あれはもうしないの？　お仕置きは、美里がすぐいじめられたりするから覚えないといけないことなんだよ。もし、ドールハウスを買ってきたら、それを使って一緒にごっこ遊びをするのかな？」

「ううん、お父ちゃまのことは好きだよ。だからこれからも大事なことは相談するよ。でも、二人で遊ぶのは飽きちゃったの。いろんなお友達と遊びたいだけなの。じゃあ、今日は遊びに行くお約束だから、もう行くね」

言葉にした安堵感から、振り向きもせずに玄関へと駆け出したせいで、美里は、その背中を見詰める父の冷たい視線に全く気付くことはなかった。

＊　＊　＊

――それにしても、おいらには事態は逼迫《ひっぱく》しているような気がしてならないんだよねー。何とか繋ぎをとりたいなぁ。事情を知らないと、手助けもできないしなぁ。笙ちゃん、おばサンの娘の方はどうよ？　美里ちゃんとは面識ないの？　ちなみに美里ちゃんの方も、寝顔拝見はお試し済みだからね――んですとっ、寝顔拝見だぁ〜目的はそっちかよっ。ったくと思いつつ返答した。

「僕は、花音と仲の良い女子としか知らない。だから、単独では顔も分かるかどうかってくらい面識がない。寧ろ、動物の霊が沢山まとわりついているのが目について、顔まで見てないよ。ちょっと暗いというか内向的というか、他人と積極的に関わろうとするタイプじゃない気がするから、向こうは多分知らないと思うよ。花音経由で名前くらいは知ってるかもだけど」

――じゃあ、『その集いに参加させてくれ』とかって、美里ちゃんに直接言うのは無理かぁ？――

「どう考えても、急だし。いやいやいやいや、それ以前に、女子の家に、ろくに面識もない男子が一人訪問すること自体無理があるよ。いくら、その友人とは知り合いったって、大体僕は女子会に面《つら》出すタイプじゃないでしょ〜。そういうの平気な男子もいるかもだけど、僕は無理〜勘弁して〜」

――勘弁とか言ってる場合？　それがダメなら、何か他に上手い言い訳できないの？　若いんだから、アイデアの一つや二つないの？　無理〜とかなしだからね――

「ううっ、何て事言うのよぉ。ともかく、呼び出してみるしかないかぁ？　はぁ〜」

若者らしい恥じらいが僕にもないではない。それでも、どうしても、花音にどう接したら解決の糸口を得られるのかは分からないけれど、おばサンをどうにかしてあげたい気持ちが勝った。

「うん、ともかく、呼び出すにしても、明日の昼休みっしょ。まぁ、今日は家に帰ろうよ。何か口実を思いつくかもしれないし、経験豊富な（嫌味でぃっ）キワさんだって、何かしら会話の糸口になることをアドバイスしてくれるでしょ？」

日が短くなってきたとはいえ、十月もいまだ中旬に過ぎないから、薄暮の残り日がまだ教室に長い影を落としている。いくらなんでも、人目には一人の僕が教室に残っ

ていたら、不自然だよね。さっさと、帰ろっと。そう思いつつも、

はぁあっ

悩み多き青少年は、一分と開けず溜息がでるのであった。

はぁぁ

そして、暫くするとやっぱり、

はぁっ

どうしたらいい？

はぁ

＊　美里　＊

二〇一〇年十二月二十一日（火）

あれから確かに『ごっこ遊び』は止んだ。だから例の日記ももう手元には戻ってきていないので、父との繋がりも細くなったようにも思える。だが、「大事なことは相談する」と言い訳のようであれ宣言した手前、美里は学校での人間関係に悩むと、父

に相談するようになっていた。

それは美里が小学六年生の時のことだった。高学年ともなると、中には、男女の混合グループで行動するマセた者もいる。その子ども達が、単に大人びたことに憧れているだけの場合も、事に寄ると問題になろうというものだが、時には群れて周囲に毒を吐く集団に化することがある。残念なことに、美里のクラスには、毒を吐く集団を率いる優等生の仮面をかぶった一人の女王がいた。

女王の父親が地元の有力者だとか会社の社長だとか、若しくは母親がＰＴＡの会長だとか、目に見えて分かり易い後ろ盾があってというならば、そういう権力に弱い子もいようものだから、それと常に行動を共にする男女がいたとしても不思議はない。だが、このクラスの女王は、両親は共働きの普通のサラリーマンで、一人娘で多少我儘に育ち、容姿が多少男好きのする美少女ではあったが、女王になるきっかけを探すのが難しいような平凡な優等生であった。女王とその一派の吐く毒は、見ようによっては正当で正義感にあふれていて、咎《とが》めようがないようであったが、不必要なまでに執拗で追及が手厳しかった。

女王と四人の男女の五人グループの毒の矛先は、一見誰もが非難するような行ないに対する正義の鉄鎚を受けているように見えたが、未だにゆるい締まりの中で漂うように生きている普通の小学生からすると、正邪善悪の違いが分かり易くて同意せざるを得なくても、理論武装した裁判官が教室内にいるような息苦しさを与えるものであった。間違っていないから、大人が否定出来ないという状態は、教室内での裁きを結果的に容認して、女王達の他人に対する無用の厳しさを後押ししてしまった。

止める者の存在しない、根拠の希薄な裁き……それは、小さき者には充分な毒となって心を蝕んだ。周囲の子ども達はその毒が自分に回ってこないように、上手く距離を置くか立ち回るか、さもなくば省《はぶ》られた一人を遠目にしながら、受動的に安全を確保できたと胸をなでおろすか。いずれにしても、積極的に彼女等を止める者は、児童の中に誰もいなかった。担任の目すら、普段の女王様の優等生ぶりが目隠しになってしまっていた。

必然的に、女王の気分で犠牲者は決められた。

大きな行事が皆終わり、二学期が終わろうとしている教室には、終わりの会の後で消された暖房のぬくもりがまだ残っていた。夕日の温かみと合わせれば、暫くはおしゃべりしていも寒くないせいか、そのグループは居残っていた。彼女達は、次のターゲットの相談に余念がなかった。

「美里って、薄気味悪いわよねぇ？」

という最初の一言で、ターゲットは確定し、後はお追従かあるいは自明のこととしての同意の言葉が続いた。

「思う、思う。なんか、怖い。近寄らない方がよくない？」

「やばい感じだよな」

「うん、ふだんは大人しいのに、急にヒドイこと言ったりするし」

「前にさ、難しい言葉で脅かしてきたこともあるよ」

「父親が大学教授だからって、俺らのことバカにしてるよな」

女王様は、すっくと立ち上がると周囲を睥睨《へいげい》して宣言した。

「礼儀知らずね。反省させましょ」

忘れモノを取りに戻った教室に入ろうとすると、窓際でお喋りをする数人の子どもの声が、意外に響いて美里の耳に届いた。

ああ、アタシ、明日から省られるんだ。直ぐお父ちゃまに相談しなくっちゃ。どうしたら、みんなから一目おかれるのか、お父ちゃまならよく知っているもの。

「相談する」という自分の言葉に嘘をつきたくなかったというだけではなく、およそ一年半も続いた父との時間は、美里の拒否によって一応の終わりを迎えはしたものの、強烈な父の支配力が美里の中に残ってしまっていたに違いない。その結果、拙《まず》いことに父への依存を止められなかった。何時の間にか、精神的に母よりも父を頼るようになっていた美里は、友達とのトラブルの多くを、父のアドバイスで解決してしまった。父の助言は、大人しい美里には荷が勝ちすぎる時もあったが、大体結果が悪かったことはない。相手が謝罪するか身を引くかして終わることになった。

今回も、父に相談すれば、適当な解決法を伝授してくれるだろうと、何の疑問もなく思った。今日は、丁度、父が夕方から家にいるだろうから、何時ものように花音ちゃんの家に行くのは取り止めて、相談しようと。

＊　＊　＊

その日、僕はもんもんと眠れぬ夜を過ごすことになってしまった。

夕食時に帰宅したからといって、腹が減ってる訳でもない。それでも、食べ盛りの高校生としては食べない訳にもいかないから、仕方なくシンク上の吊り棚からジャンボカップ麺を取り出し、薬缶に水を入れて一つしかないガス台の火にかけた。普段なら、間食以外でカップ麺など食べようものなら、くどくどお説教が始まってしまうキワさんなのに、自身も出たり入ったり、そわそわしているので気付きもしなかった。

そんなこんなで、うわの空で用意をし始めたのだけど、じいちゃんから譲り受けたアパートは昭和の香り満載の古いタイプだから、どうしようもなく作りが古い。高い五徳の一穴タイプのガス台は、ぼんやりしていると薬缶を置き損ねる。注いだ後の薬缶を戻そうとして倒し掛け、「あちっ」と無意識に声を出したみたいだけど、やっぱり心は何処にぞ。どう声をかけるか新たなアイデアが浮かぶはずもなく、幾度も幾度も『花音に告白しているの図↓振られるの図』が、頭の中を巡ってカーッとくる。人と接するのが上手いとは言い難い、この僕が告白って……ああ、どうすりゃいいんだ？

「好き」とか言うわけ？　ぎゃーっ、キワさん、恨むよ～。

かくして僕の秋の夜長は、寝落ちしたり、はっと目覚めたりしながら過ぎていくのであった。

＊　美里　＊

三学期になっても、女王様達のイジメは止まることはなかった。『無視する』から始まった行為は、美里の反応が面白いのかどんどんエスカレートしていった。

机や椅子、ランドセルや教科書、文具といったものへの下品で攻撃的な落書き。体操着や上履きに不快な汚れをつけること。所持品を隠すことなどまだかわいいことにさえ思えた数々の嫌がらせ。終には、便器に顔を突っ込んだり、スマホやファックスを悪用したり。書き連ねるのも憚られるような悪意の数々。止めるどころか、寧ろ、意地悪な行為は陰湿に執拗になり、美里を叩き潰そうとしているかのようであった。

結局、一度ならず父に相談し、美里ではとても思いつきもしないような策を伝授されて実行するようになっていた。

二〇一一年二月二十七日（日）

お父ちゃまの言う通りにかなりキック言い返したのに

ことばだけじゃ止めてくれなかった
お父ちゃまの言う通り、同じ地区班だった中学生の男の子におこってもらったら
学校の外でのいやがらせは止めたけど、学校ではかわらなかった
よけい、ヒドクなったような気がする
ほかにも色々お父ちゃまの言う通りしてみたけど
止めてくれない
お父ちゃまの教えだけじゃダメみたいだから
花音ちゃんにも先生にも相談したけど
やっぱりうまくいかなかった
先生なんて首をかしげてるばっかりで
何もしてくれなかった
仕方がないので
この前　今度こんなことしたら夕ダじゃおかないって
『さいごつうこく』しておいた
お父ちゃまからもらったとっておきの仕返しがあるから

もし明日も朝からあんなんだったら
やることも言うことも決まっている
どうしたらいいかよく分かってる
これから練習するから、失敗はしないと思う
ランドセルの中のピンが　心を強くしてくれる

＊　＊　＊

僕の頭は閉店中で、翌日の授業は、最早何も頭に入ってこなかった。

ただ、目前の黒板に字が浮かんだり消えたり、教壇に立つ人が変わっていくような感じだった。上の空で過ぎた半日は、後で田中君のノートを借りて取り戻すとしても、

「佐藤君、君は中々いい根性をしてるわね。開いてもいない教科書から内職という訳ではないことは明白だけど、全然聞いてないようね。それとも意識不明なのかしら？　とりあえず、数学のモノをしまって、英語のテキストを出しましょうか？　それとも保健室に送り出した方がいいかしら」

という教師の僕に対する評価が下がったのは、挽回しようがないかもしれない。忍びやかなクラスメイトの笑いも、耳にはさざ波のように聞こえる。

先生、意識不明は言い得て妙です。

やれやれ、我ながらどうしようもないね……こんなんで、ちゃんと、花音に声をかけられるだろうか。ましてや、幽霊の話をしなくても、こちらの要求をのんでもらえるんだろうか。夕べから熱く火照りっぱなしの頬に、窓の隙間からすーっと流れ込んでくる冷たい外気が気持ちよく感じられた。

＊　美里　＊

二〇一一年三月一日（火）

十分休みに、案の定女王様達は寄って来た。美里のランドセルに変なことたくさん書いた紙を貼ったり、美里の手首の内側を尖った鉛筆で突いたり、消しゴムのかすを丸めたものを口に押し込もうとしたりしてきた。止めてと頼んだのに厭なことばかりする。給食の時実行すると心に決めた。父の話を頭の中で反復した。

「ドレッシングはあげると言って出したりしないんだよ。カバンからチラッと出して、かけようかどうしようか迷っているようにすればいい。きっと女王様は見栄っ張りだから、この高そうな瓶に心を惹かれるはずだからね。いじましい心の持ち主は、自分が持てないものを都合よく理由をつけて手に入れようとするものだから、黙って取り上げられればいいんだよ。何しろ女王様の『生殺与奪の権』は、美里が握っているのだからね。小さなことは気にしなくていいんだよ」

美里のクラスでは給食の配膳が終わって、日直が「頂きます」の号令をかけた。窓際のグループで、何か騒ぎながら回されたものがあったが、それを注意出来る者が誰もいなかった。担任すらちらっと目をやっただけであった。彼等は、その日のメイン、お肉たっぷりのトマトシチューに某有名レストランシェフ監修のバジルソースをかけていたのだ。しかし、スプーンを口に運び始めて、間もなく騒動が起こった。

「うぇっ、げぇっ、苦い〜、ぺっぺっぺっ」

「何何？　このトマトシチュー、味がおかしくね？　ぐぼっ」

「き、気持ちワルイ……げーっ」

ガタガタッ、どすん、バタン

「きゃーっ」

ダダン、がちゃん、どたん、どどどっ

机を向かい合わせにして小さな班を作って給食を食べる児童達の中で、五人の子どもの班に悲鳴と物音が響き渡った。隣りの班から羨まし気にずっと見ていた一人の女子児童が、立ち上がりっ端《はな》に上ずった声で叫んだ。

「美里があげたバジルソースをかけた子が変になった！」

担任も含めて教室に居合わせた子ども達の視線が、一斉に集中した。それをものともせずに立ち上がった美里は、昂然と言い放った。

「みいちゃん、悪くないもん。あの子達は、みいちゃんが薄気味悪いからって、仲間外れにしてイジワルしたんだよ。悪いことをしてるのに誰も罰しようとしなかったんだもの。被害者のみいちゃんが『せいさつよだつの権』を握って当然でしょっ！」

優等生ではあったが、物静かな印象の彼女の口から出た言葉は、混乱と喧騒にあった教室に、音を忘れたかのような静寂をもたらした。特筆すべきは、誰もが思考力を奪われた中で、普段は目立たない男子児童が、痛烈に一言放ったことだろう。

「先生！　美里のことは後にして、救急車！」

当時、数人の児童の健康を損なったその給食への漂白剤混入事件は、すぐさま学校側から緘口《かんこう》令が敷かれ、他のクラスや学年はもちろん、マスコミの知るところにはならなかった。何しろ、調べるまでもなく全容が明らかで、犯人も犯行も自明であった。

その上、混入した漂白剤が臭いも味もきつく、誰も大量に飲み込まずに吐き出したので、死者や重症者が出なかったことも幸いした。動機を看取すれば、加害者も被害者も、その名前が公にならないようにするのが、学校の方針と言えた。そして、大学教授の家柄であり、美里の父親も高名な大学教授であることも、被害者側が強気になりにくいことに一役買った。そんなこんなでタイミングを逸したこともあり、双方の要望もそこまで大ごとにしないことで一致したため、持ち込んだ食材による食中毒という落とし処に落ち付いて、警察沙汰になることもなかった。ただ、クラスメイトと保護者の心には、未消化の事由として、却って心に残った。

さて、事件を知った美里の母親の対応は素早かった。手土産を携え、美里を連れて、それぞれの病室を訪れ、被害者児童と両親の前に両手をついて土下座した。

「申し訳ございませんでした。親の不徳の致すところでございます。入院費はもちろん全額負担致しますし、何かあれば何でもおっしゃって下さい。今後、美里とは全く関わらないようにして下されば、有難いと思います」

もちろん、双方を今後関わらせないことが、本当の解決策ではないことは、どちらも理解していたが、どちらの子どもも世間の荒波から守ろうと思えば、致し方ないことのように思えた。そういう母親の思いを薄薄感じた美里は、一言も反発することなく母の土下座に従った。ともかく、その素早く真面目な対応と、原因をとやかく追及しない潔い態度を、驚きつつも受け入れ、迷いながらも口を重くすることが得策と判断したようで、被害者の家族の口から事件がおおっぴらに外に漏れることはなかった。

「みいちゃん、ごめんね。最近のママはお仕事ばかりして、お話することが少なくなってたね。これからは、一番にママにご相談してくれる？　特に、お友達とのことは、ママと一緒に考えた方がいいと思うのよ。どう？」

「うん、そうしたい。ママとお話する時間が増えた方が嬉しいもの」

母にしても、美里にしても、どこかで何かを掛け違えたような『厭な感じ』が残るのを避けるかのように、お互いに言い合った。

＊　＊　＊

――笙ちゃん、昼休み！――

「ワカッテルヨッ」

ヒソヒソと会話をすると、キワさんはあからさまに苛立ってきた。それへの反発なのか、妙なテンションになった僕は、教室の向こう側にいる花音に怒鳴った。

「おおい、小野塚ぁ！　ちょっと相談あんだけどさ、昼休み付き合ってくんね？」

勢いに任せて花音を呼び出すと、写真部の部室に誘った。幸い今日のような好天気の日には部員たちはデジカメ片手にお出かけだし、他の部の生徒が昼休みに来ることは先ずない。

呼び出したところまでは、勢いがあったのに、いざ本人が後ろを歩いていると思うと、情ないくらい勇気がくじけてしまい、部室に入る前から、言葉が詰まってしまいそうで、頭から血が下がっていくような感じがした。行き当たりばったりで、何とかしようというのがいかにも甘かった。振り向きざまに、手にしたカーディガンをはおろうとする花音を目にした途端、全くもって、頭は真っ白になってしまった。

＊ 美里 ＊

二〇一一年三月七日（月）

事件が一見円く収まったようであっても、母子の心にはどうにもならない不吉な影があって落ち着かなかった。二人して内向的に家で数日を過ごしてしまった。

「みいちゃん、そろそろ学校に行く？」

事件の後、叱ることも怒ることもせず、ただどうしようもなく不安にもがいた挙句に出てきたような母の一言だった。

「まだ、行きたくない。みんなと顔を合わせたくない……」

少し涙ぐんだ声で、俯きがちに答える美里の頭を、母は口をへの字に曲げて見詰めて呟いた。

「お母さん、仕事にかまけて、何かを見逃していた気がするの。そして、いつの間にか途方もない違和感を感じるようになって、怖くて堪らないの。どうしたら、以前のみいちゃんに戻ってくれるの？　以前のみいちゃんは何が好きだったかしら？　誰と仲が良かったかしら？」

　そこまで口にしたときにふいに思い浮かんだ。

「そうだ、花音ちゃん、花音ちゃんになら会いたい？」

　その名を皆まで口にするまでもなく、美里はぱっと母を見上げた。円《つぶ》らな二つの瞳の中に映る母は、はっとしたような笑みを浮かべていた。

「うん、ママ、花音ちゃんには会いたい。花音ちゃんなら……」

　なら……の後にどんな言葉を飲み込んだのか、今はまだ母には想像も出来ないだろうけれど、美里の表情に明るい色が浮かんだのを見て、花音ちゃんに会うのはいいことのように思ってくれたのが嬉しかった。母の呟きもまた嬉しかった。

「いいことだと思いたいだけかしら？　でも、あの子ならこの違和感の答えを見つけてくれるかもしれないわ。とても聡明そうな子だもの。お母さんの方も真面目に話を聞いてくれる人だし。きっと大丈夫」

　母は心が決まったらしく、ちょっと楽になったような表情で携帯を耳に当てた。

「もう噂を耳にしていると思うけど、」と震える声で告げる母の受話器ごしに、かなり明瞭な声で、そして何時もと少しも変わらないおばさんの口調が届いた。

「今度の水曜、確か四時間授業のはずだから、花音も早く帰って来るし、お茶においでなさいよ。美里ちゃんも一緒にどうかしら？　お昼前から来て、家でランチしてもいいし。好奇心がないと言えばうそになるけど、久々におしゃべりしたいから」

「ううん、嘘でもいいし、そうじゃないことは分かってるつもり。たとえ好奇心だけであっても、花音ちゃんを慕う美里のために、とても有難いお申し出よ」

「なんだかね、花音から聞いた話が気になるから」

「え？　花音ちゃんから？　そうなの？　すごく心配してくれてるのね」

電話越しに深刻に母子を案じてくれている様子が窺えて、母と目の合った美里は頷いた。もちろん二人に否やはない。母は水曜日のお昼前からお邪魔することを告げて電話を切った。

母の話によると、低学年の頃のことで、美里自身に始まりの記憶はあまりないのだが、花音ちゃんは母親同士がＰＴＡの役員会に所属した時から、美里の友達になってくれたらしい。二人ともリーダータイプではないため、会計と書記という間柄で大人しく役割を全うする中で、似た者同士、よく話すようになり、家の行き来が始まった。

夫が有名大学の教授だというだけで、妙に持ち上げたりする人がいる中で、彼女は、知る前も知った後も態度が変わらなかった稀有な人でもあった。だから、とても信頼してるのだということだった。

「ね、みいちゃん。花音ちゃんママは、とってもしっかりした人だから、みいちゃんの周りで起きたことや不安にもきっと何かしらの助言をくれると思うの」

その言葉に、何もかも正直に相談してくれそうで、何か安心感を抱く美里であった。

＊　＊　＊

暗幕が張ってあるので、昼でも薄暗い部室の引き戸をがっと開け、電気のスイッチを右手で探った。僕にとっては慣れた場所なので、考えずに行動する助けにはなったが、パッと目の前が明るくなると同時に、後ろの気配を意識せずにはいられなかった。柑橘系の石鹸の匂いで花音を感じると、スーッと緊張感が高まった。振り向いて彼女を目にすると、僕の心臓は果てしなく猛スピードで動き出した。そのまま言葉は凍りついてしまった。

そんな僕を訝《いぶか》しげに見ながら、スマホで時間を確認すると、

「ねぇ、何か用事があんでしょ。私、昼休み中に放送部の届を出す約束あんだけど？」

そんな風に急《せ》かすようにじっと見詰めたら、益々どもるでしょーが。

「はぅ、い、急ぎなんだ。あっと、あのさ……」

度重ねて言葉が詰まって、余計身体はガチガチになってきた。

「ええっ、まさか告白とか？」

「えっ？　いやいやいやいやっ、うっ」

って、会話にならない声しか出てこない。動揺している場合じゃないっつーの。落ち着けぇ〜

「そうじゃなくて。ううっ、やっぱ、好きな奴とかいるの？」

「えー、まじ？　返事今とか？」

喋り出したら、落ち着いていつもの調子が戻ってきた。

「ああ、できれば今ここで頼むよ」

「それにしても、色気ねーの。もうちょっと、こうドキドキするシチュエーションなら、うっかりＯＫしたかもだけどねぇ。わりぃ、佐藤のこと嫌いとかじゃないけど、

今は、彼氏とかいらないかなって感じだし」

「そっか、嫌いじゃぁないんだ。じゃ、ちょっとさ、僕の事考えてみてくれない？」

待てよ？『今は』って言葉は、相手を振る時のやんわりお断りの常套句で、好きな男子には決して使わないってキワさんが言ってなかったっけ？　と余計な事実が、脳内を掠めた気がするけど、本題じゃないだろうという冷静な部分が、かろうじて、そこに拘泥《こうでい》してはいけないと告げていた。慌てておばサンは？　と視線を走らせた。

その時、花音しか見ていなかったおばサンと目が合ったような気がした。

＊　美里　＊

二〇一一年三月九日（水）

間もなく卒業式というこの時期になって、美里は小学校に行き難い状態になってしまったけれど、母は何とか人との関わりを絶ちたくない一心から、色々考えてくれたようだった。確かに、地元の中学に進学するとなるとそういう大人の判断もあるんだと思えた。そして、クラスの違う花音ならばと、電話したのであった。

「ＰＴＡの役員の仕事を有難いと思う時がくるなんてね。初めてよ。花音ちゃんママの交流関係から、きっと色々知りたいことが分かるわね。ともかく、他の親御さん達がどう感じているのかも聞きたいし、お母さんの気持ちをぶつけても受け止めてくれるだろうし」

　美里は、母に知られたくない行為の数々がまさに日の下にさらされようとしているような不安と期待で、そもそもあの事件も起きるべくして起きたような気がしていた。本当なら父に相談すべきではなかったのだと、今ならば思うだけに、そうでも考えないとなぜ父を選んだのか、自分でもよく説明ができなかったのだから。ただ、ひとつひとつの事象が必然的に結びついていくことを、この時はまだ誰も知らなかった。その時の最善の積み重ねに過ぎなかった。

　こうして、向こうから誘ってくれた水曜日、美里と母は、皆が学校に行っている間に、ケーキを手土産にひっそりと訪問したのであった。

「小野塚さん、ほんとに有難う。親子して誰からも相手にしてもらえなくて、途方に暮れてた時だったから、ランチまで誘って頂いて、本当に嬉しかったわ」

「お礼なんて……。そりゃ、同じクラスだったら、子どもも事情を目の当たりにして、恐怖心が芽生えちゃってたかもしれないわね。そうして、悪気はないだろうと思っても、こんなに直ぐ一緒には遊べなかったかもしれないわね。でも、クラスが違うからあまり詳しいことが分かってないし。それに、私からも声をかけようと思ってたのよ。花音の話だと、みぃちゃんをいじめてた子達は、陰湿なことをするグループみたいだったから、『きっと誰か切れる』って子ども達の間では結構有名だったみたい。それで、余計気になって……あっ、野次馬根性もあるかな？」

最後にウィンクしながら、いつものような口調で軽く喋る花音ちゃんママに、母は心底ほっとしたように、自信なさ気に尋ねた。身を乗り出して言葉を口にするその姿を目の端に捉えて、花音の本を熱心に読むふりをしていた美里は、涙が零《こぼ》れそうになり、俯きがちに堪えた。

「そんな……、美里、何も言わないから。いじめられてたなんて。私、母親なのに何も知らなかった……」

言葉が途切れ途切れになってしまっている母を、花音ちゃんママが限りなく優しい目で見てくれているのが、ただただ嬉しかった。

「そうね、どうしたものかしら、子どもって親にも言わないことがたまにあるものよ。

あまり、そこにとどまってしまわない方がいいと思うわよ。そうでなくてもね、こういう肝心なことでなくても秘密好きな年頃だもの」

そうして、一旦言葉を切ると、唇をつるりと舐めて少し思案気にしてから、意を決するように続けるのを、美里は本越しに真剣に見詰めた。

「いじめられるようになってから暫くして、美里ちゃん、花音に相談したのよ。それで、花音と一緒に担任には話をしに行ったみたい。先生からは『個別に注意をして、少しの間様子をみる』と言われたそうよ。何だか真剣味を感じられない言葉よね。その上、リーダー格の子が、超のつく優等生らしくて、先生からちゃんとした対応があったとは到底思えないっていうので、花音がみいちゃんに『お母さんにも相談した方がいいよ』って助言したって。三学期の始め頃だったかしら」

「ううん、聞いてないわ。私が聞ける状態でなくて、まさか遠慮したのかしら？丁度同僚が一人、結婚退職するので、後任が来るまで在任の先生が交代で担当したから、すごく忙しくて。時間が合わなくて相談できなかったのかも。それとも、そんなに非道《ひど》いイジメじゃなかった？」

「うーん、お母さんに相談しなかった理由は分からないけど、そんなに舐めた状況じゃなかったように思うわ。今時の子がみんなそうなのか、あのグループだけなのかは分からないけど、結構陰湿だったみたい。最初は呼び出して、あれこれ指摘したり注意したりという程度だったのが、どんどんエスカレートしたみたいね」

「エスカレート？　一体どんなイジメを受けてたのかしら？」

「全部知ってる訳じゃないけど、花音を通して聞いた限りのことよ。無視が始まりで、スマホのクラスのグループから削除したり、そこで悪口を言い合ったり、教科書やノートを汚したり家の門扉に張り紙したり。誰がやったのか分かりにくいこととか、汚いこととか、次から次にやり捨てしてたみたい」

「張り紙？　気づかなかったわ。美里が処分してたのかしら？　汚いことって？　もしかして、ぶたれたり蹴られたりは？」

「身体を傷つけたりはしてなかったみたいだけど、それもああいうことが起きなければどうなっていたかは分からないわね。ともかく、そのグループのリーダー格の女子が、大層な優等生な分ものすごい知能犯なので、中々しっぽをつかませないらしくて、途中から不審に思った先生も、なす術がなかったみたいね」

「私のところにも先生からは何の連絡もなかったわ……」

「そう、じゃあ実際担任がどれだけ注意しようとなさったのかは、分からないわね。もしかすると、注意しても、言い逃れが上手くて、さほど自己主張の強い方ではない美里ちゃんが、上手く訴え切れなかったのかもしれないわね」

「そんな目に遭っていたのに、私には何も……でも、それの報復？　以前の美里なら考えにくい。どういう……？」

＊　＊　＊

おばサンはどうやら僕の存在に気付いてくれたようだ。なら、今度はこっちの意図が分かるようにしなくちゃいけない。

「それでさ、いきなりなんだけど、今度の土曜日、丸々一日会ってくれないかな？」

「丸一日〜？　いきなりすぎるぅ。それっていくら何でも無理って思わなかった？全然無理だよ。部活あるし」

「文化祭終わってんだから、部活の後は空いてない？」

「それも無理〜。先約があるから。ずいぶん以前からの約束だから、急な変更は相手に悪いし、私が嫌だから」

「うん、予定があることは知ってる。だけど、それを押して頼む」

僕は、必死になって頭を下げた。こりゃ、デートのお誘いには絶対見えないだろうな。ちょっと否、相当無理があるか……そう思いながらも、僕の真剣味が伝わるように祈りながら、頭を下げ続けた。

ふと、見上げると、今度は明らかにおばサンがこちらを向いて、僕を凝視している。

まあいいか、本ちゃんの目的の方は、果たしたようだし。

花音の方は、すっかり鼻白んでるようだけど……。

＊　美里　＊

二〇一一年三月九日（水）続き

本を読むふりをして耳をそばだてている美里にも、その言葉は刺すように響いた。

他人からそんな風に見えることをしたのだと……。

「美里ちゃんが、報復……」

眉をひそめて言葉を止めた花音ちゃんママの顔を、母も美里も息を詰めて見詰めていた。ぞくりとでもしたのか、粟立つ肌を抱き締めるようにして、母は言い募った。

「小野塚さん、私、怖いわ。この子が、こんなにも幼くて頼りない子が、こんなに大それたことをするなんて。何より、こんなことを思いつくようなどんなきっかけがあるっていうの？　だって、本も漫画も嫌いじゃないけど、すごく幼稚なものしか読まないし、テレビや映画はジブリとかのアニメだけだし。スマホは制限をかけているし、パソコンはまだ家では使えないのよ。子ども部屋にこもってコソコソしてるのを見たこともないのよ。どうして、あんな風に薬を混入することを思いついたり、実行できたりしたの？　美里が私に見せてないだけ？」

そんな風に不安げな母に、花音ちゃんママは思案気に答えた。

「それは、分からない……もしも、もし万が一、みいちゃんが自力で考えついたことなら、精神科に診てもらうべきよ。そんな環境なのに自分で思いつくとしたら、それはそれで恐ろしいことだもの。でもね、花音と遊ぶ姿や話してる内容とは、あまりにもギャップがあるように思う」

その言葉にふと記憶がよみがえったように、母は続けた。

「関係あるのかしら？　亡くなった舅が不思議なことを言ってたの。『美里は女達三人で育てなさい。そうすべきだし、そうしなければいけない。理由は言えないが、きっとそうしてくれ』って。それで、ずっと、私と母と姑の三人が、美里に必ず付き添うようにして育てたの。母が亡くなったショックと、その後働きに出てしまったことで、すっかり忘れてたけど、その言葉を守らなかったから、こんなことが起きたの？　私、この子をどうしたらいいの？　怖い、怖い……」

そう言うと、母は両手で肩を抱くように震えた。その母に寄り添うように、花音ちゃんママは腰掛けると、

「そうよね、あんなに大それたことするような子に見えないのに、実際に手を出した。考えても行動に移さないのが普通だもの。小安さんが不安に感じても当然よ。第三者の私が、どちらの立場に子どもがいても怖いと感じるんだもの」

「小さい頃は、誰かが蟻を踏んづけても、泣いちゃうような子だったのに。どうしても、そういう記憶と噛み合わない……」

「うん、私もそう思う。それで、あのね、どうしても伝えたいことがあったの。小安さんのお宅では言い辛いように思えたので、家に誘ったの」

花音ちゃんママは、また一旦言葉を止めると口ごもるような話し方になってしまい、母だけでなく美里も余計不安が掻き立てられた。

「花音からのまた聞きだけど……お祖母さまが亡くなった後から、美里ちゃんね、お父さんとすごく変な遊びをしてたみたいよ。どんな遊びかは教えてくれなかったみたいだけど、『みいちゃんがすごく嫌がってた』と花音が言ってたのが、ずっと気になって。どんな遊びなのか、嫌がる理由はどこにあるのか、もしかしたら、小安さんは知らないといけないのかもしれないわ。ううん、きっとそれが分かれば、不安を感じる原因も分かるような気がする。いじめのことも、もしお母さんにではなくてお父さんに相談していたとしたら？　どう考えればいいのかは分からないけれど、ちゃんと確かめないといけないことかもしれない。旦那さんに聞いても答えてはくれないかしらね。みいちゃんに直接聞いてみたら？　今回のことと、どう関係しているのか、はっきりできるかもしれないわ」

「二人きりで？　美里がそれを嫌がっていた？　そんなこと初耳。確かめなくちゃ……」

暗雲の中に稲妻が走るような衝撃で、母は身体の芯から震え上がって、思わず花音ちゃんママの手をぎゅっと強く握りしめていた。そんな母を横目に、この日初めてあのことを母が知るようになるのだと、全身から力が抜けるように感じた美里だった。

＊　＊　＊

「どういうイミ？　佐藤がそんなに真剣なの初めて見た～。普段ならちょっとは考えるとこだけど、土曜の約束ははずせないんだよね。ってか、毎週土曜はダメなんだけど。ともかく、悪いけどまた今度の祭日にでも誘ってくれない？」

祭日？　あれ？　結構気にしてくれてる？　なんて自分に関わる感覚も、もう少し追及したいけど、ここは本題が肝要。何としても、もうひと押ししなくてはならない。何しろおばサンの目が期待でキラキラしているような気がするもの。

「今度の土曜というのには理由があるんだ」

「うん、何か『告』ってくれた以上の理由がありそうなんだけど、ほんとわりぃ。どうしても無理。ごめん。放送室で待ち合わせあっから、もう行くわ。まじ申し訳ない」

「お前とお前の大切な人のためだと言っても？」

「大切な人の？　それは、それは……すんごく気になるけど……ううん、やっぱダメ。この約束は、あたしのためって言うより親友のためだから」

「親友か……分かった。これ以上は言わない。じゃな」

花音は僕に手を振ると、ぱっと振り返った。走って蹴り上げるのに合わせてなんちゃって制服のスカートがひらめいて、白いふくらはぎを覆う紺色のハイソックスがくっきり覗く。そうして、それが段々ぼやけてから急に左に消えた。ついスマホを取り出すのも忘れて、軽やかな足どりを目で追ってしまってから、とってつけたように呟いた。

「キワさん、気がついた？」

――もちろん！　とりあえず、おいらにも気がついたみたいだから、リチャレーンジ。行ってみるわ。話は後でね――

そう言うと、キワさんの気配が消えた。多分花音のところだろう。おばサンが落ち着いている内に、話そうということなのだろうけど、上手くいくだろうか？

と、突然別のことで脳内が溢れた。さっきまでの不安定な感覚がそっちのけになって、僕らしくないピンクの世界が広がったような。あれ？　僕、振られてないかも？

もしか、発展するとか？　生まれて初めての感覚に独りでに頬が緩んだ。

＊　美里　＊

二〇一一年三月十日（木）

翌日、ピアノのレッスンから帰るなり、母は口を開いた。
「今日はどうしても二人に聞きたいことがあるの。他所で聞きかじったことだけど、とっても気になってるの。確かめないと、今日も夜眠れないような気がするの」

その日の内に何も聞かなかった母は、多分どう切り出すか考えに考えていたのだろう。翌朝卒業式の準備などがあったのもタイミングが悪かったのだろう。なのにいきなり話し始めた。本当は、美里が一人だけの時にこっそり確認するつもりだったのではないかと思うのだけれど、リビングのソファに父と並んで座っているのを見て、頭に血が上ってしまったに違いない。

美里の知るところではなかったが、以前から、母は夫を前にするとどうしたものか何時も気後れしてしまい、口にしてこなかった言葉や確かめなかった事実が、心の中に鬱積していた。両家の両親が存命の頃からそうしたことから逃げてきたことが、結局母自身を追い詰めたのではないだろうか。だが、今回は、今回だけは、嫌でも何でも、確かめなくては取り返しがつかない、そんな焦りが母から滲み出ていた。

「あなた、高林の母が亡くなってから、美里と二人で遊ぶことが多かったのですってね。お友達にあなたと遊ぶのが嫌だと訴えていたそうなのよ。一体どんな遊びをしていたの？　美里が嫌がるような遊びって何？　きちんと説明してくださいな」

「お母ちゃま、あ、あのね、」

「美里は何も言わなくてもいいんだよ。お父ちゃまが答えるからね。なぜそんなことに今頃興味を持つんだ？」

「今頃？　最近たまたま疑問を感じるようなことが」

「高林のお姑《かあ》さんが亡くなってから、美里には興味なかったじゃないか。ちっとも一緒にいなくなったし遊んでもやらないし。あんなにしょっちゅう通ったデパートにも連れて行ってやらなくなったし。最近服を買ってやったか？　それなのに、一緒の時間を作ってきた私が、お前に何を釈明しなくてはいけないのかな？」

「それは……確かに、美里と距離をおいたわ。母の死に美里が絡んだと思うと冷静ではいられなくなって、精神的に不安定になってしまって。変な目で見ては美里におかしな影響を与えてしまうと思ったし、仕事を始めて忙しかったから。でも、ほんの暫くのつもりだったわ」

「だからって、美里を放ったらかしておいてよいとでも言うのか？　それに、美里が嫌がってからは一緒に遊んでいないのだから、一体何を釈明しろと？　それに、今更過去のことを掘り返して、お前にとやかく言われる筋合いはない」

「過去のことを掘り返す？　たかが遊びの内容を問われたくらいで、釈明？　筋合い？　そんな表現が出てくるなんてどうかしてる！　そういう言い方自体変！　一体何をしていたの！　何をさせてたの？」

　母の悲鳴を上げるような声が、父の感情を逆なでしたのか、父は突然右手を上げると、母が横にふっとぶほど強く頬を打った。

　お父ちゃまとの遊びを知りたがったくらいで、お母ちゃまがこんな目に遭うなんて。みいちゃんのせいだ。お母ちゃまを守らなくっちゃ。きっと、お父ちゃまは、お母ちゃまに罰を与えてしまう
　美里の思考は目まぐるしく動いた。くるりと頭を巡らせて、母を守るための武器を

捜した。もう長らく使われていない、おジイちゃまとおバアちゃまのテニスのラケットが目に入った。両手で鷲掴みにすると、叫びながら振り回した。

「お母ちゃまに手を出すな！」

右手に持ったラケットの側面の堅い部分が、父の左側のコメカミに直撃して、鮮血が飛び散った。

＊　＊　＊

キワさんは、昼休みに僕の傍から離れたっきり、午後の授業中には戻って来なかった。学校で待ってもどうにもならないので、一人、帰宅することにした。暮れ残った校庭を、サッカー部の邪魔にならないようにコの字に抜けて、正門脇の自転車置き場に向かった。薄紅に染まりかけたモミジの木の陰に、僕のボロチャリが待っている。

こんな風に暮れていく時間に完璧に一人の状態でいるのは、何時以来だろう。もしかして、キワさんと出逢って以来初めてのことのような気がする。まだほの明るい中でチャリキーを自転車に挿し込みながら、「何か、侘しいな……」とぼやいた自分の声に、ちょっとのけ反ってしまった。

キワさんと出逢ってから、はっきりと分かる状態で、キワさんにおいてけぼりにされたことはない。寂しい境遇にある僕を気遣って、「子どもを一人きりにはできん」と、喋り掛けないまでも何となく存在を感じられるようにしてくれていたように思う。こんなにも置き去りにされた感じがするとは思わなかった。いやいやいやぁっ、僕ってばまぢですかっ？　これじゃ完璧に精神的迷子じゃねーの？　と一人言《ご》ちてみた。うろたえ過ぎか……でも、驚いたことに、周りの景色がボワッと滲んだ。やばいと思った時、着メロにしている『せかはじ』の♪物理学的幻想曲のメロディが聴こえてきた。

ただし、電子音ではなく、濁声《だみごえ》で。

超絶妙なタイミング！　あー、やばかったと胸をなでおろしながら、スマホを取り出すと、以前から言おうと思っていたちゃちゃちゃを入れた。

「キワさん、微妙に違う曲に聴こえるから止めてよ」

――そう？　おいら、高校生の頃合唱部に誘われたけどねぇ
「人数合わせじゃね？　合唱部って万年男子募集中でしょ。で？　上手く話せたの？」

――薄薄そうは思ってたけど、やっぱり数合わせだったかぁ。おいらって声が魅力

的なんだと自信持っちゃったのになぁ。まあいいか。で、おばサンね、案に反して、ちゃんと聞いてくれる雰囲気じゃなかったよ。あのヒト、相当焦ってるみたいなんだよね。なんでだろねぇ――

「僕には恥ずかし過ぎる大役をおしつけといて、まさかの成果なしっすか？」

――まあそう言わず、聞いてちょうだい。何とかおばサンにおいらの存在を気づいてもらうことは出来たんだけどね。ちらっと見たから。でもおいらが頼りなく見えたのかなぁ。花音ちゃんばっかり見てて、おいらの声が届きそうにもなくてさ。そうは言っても、気になるって言いだしっぺはおいらだからさ、諦めたりは出来ないでしょ。粘りに粘って『どうしても話したい』とだけ何とか伝えられたよ――

「よしよし、エライエライ」

――上から目線については、後日お返しさせてもらいましょーかね。ま、花音ちゃんが寝たら、もう一度行ってくるよ。どうしても会って話したいってとこは、どうやら伝わってるみたいだからさ。んで、それまで休むから――

そう言うと、ひょいとミニ手鏡に吸い込まれてしまった。うわぁ、金角銀角の返事すると吸い込む壺って、吸い込まれる時こんな感じになるに違いない。なんか、見てはいけないものを見てしまった気分だ。複雑……。
それにしても、キワさん、ちゃんと聞けるといいんだけど。

＊　美里　＊

二〇一一年三月十日（木）続き

父が母に手を上げるのをどうしても防ぎたかった。その手で母に罰を与えてしまうところまでいってしまいそうで、とても怖かった。ただ、父から母を守ろうとテニスラケットを振り回しただけのつもりだったのに、拙《まず》いことに、父の額に怪我を負わせてしまった。首より上だから仕方がないけれど、かなり出血していたので母が慌てて救急車を呼んだ。

濡れタオルで傷口を冷やしながら、その口から迸《ほとばし》る悪意は留まることがなかった。救急車が来て他人の目に晒されれば収まるだろうと、母と美里はひたすら台風が去るのを待つ態勢だったが、あまりに甘かった。救急隊員が駆けつけて来ても、怒りの収まらない父は、母と美里を罵倒し続けた。

「美里！　いつからこんなものまで振りまわすようになったんだ？　お前は、小さい時から血が嫌いじゃないものな」

オトウチャマ　ソレハ　オカアチャマニハ　キカセタクナイ……

「こんなことくらい、いつものお前からしたらお茶の子サイサイだろうよ。ゴルフクラブは隠してあるから使えないぞ」

コンナコト？　ウマレテハジメテ　シタノニ？

「いつもそうやって私を見下すように見ているお前の態度が、美里をこんなふうにしたんだ」

オトウチャマヲ　コワガッテル　オカアチャマガ　ソンナメデミルワケナイノニ
……

同じようなセリフの繰り返しであればあるほど、まるで日常的に暴力を振るっていたような言い方は、他人には充分に効果があるようだった。救急車の中でも病院でも、消防隊員や医者がヒソヒソと父に問い続けた。

「家庭内暴力ですか？　そういう対応をされますか？　ご希望で、児童相談員や警察の少年課などに連絡しますが、どうされますか？」

母と美里には、傍に立つ看護師の厳しい視線が突き刺さった。
一体、それを否定出来る者がいるだろうか……。
モウ　ダレモ　ワタシヲ　シンジテハクレナイ
オカアチャマシカ　ワカッテクレナイ？

＊　＊　＊

夜は普段通りに過ごした……つもりだったけど実のところ記憶が飛んでる。

夕食は何を食べたのか、テレビは何のドラマだったのか、宿題は教科書の何ページをやったのか、お風呂では頭をちゃんと洗ったっけ？　なんて。長い夜に沢山のスケジュールをこなしているのに、心ここにあらず。生まれて初めての告白に返答、気になるおばサン……一日の経験としちゃ満腹中枢がいかれそうな量だ。

花音の返事を反芻しては、一人赤面したりして……。

普段のキワさんなら、ツッコミどころ満載な僕なのに、今日はそんな気にもならないらしい。ぼーっとしている僕を他所に、キワさんはウロウロぐるぐるした挙句、いきなり消えた。暫くして、すごく疲れた様子で戻って来た。

「ね、キワさん、何て？」

——ああっ、花音ちゃんが、机につっぷして眠ってたんで、話せたよ——

ああっ、彼女の寝顔を見たっつーところは許し難いけど非常事態だから仕方ない。

黙ってキワさんの話を聞くしかない。

——あの子……美里ちゃんね、裏に林があるような広い自宅があるのに、マンションで一人暮らしなんだってな。ひでぇ話だよ。『家庭内で激しい暴力を振るって両親に手を上げる暴力娘』ってことらしいけど、本当に暴力娘なら素直に従うもんか？——

「家庭内暴力？　何か印象と違うな。寧ろ逆だと思ってた。一学期の体育祭の準備運動でさ、僕はクラスの実行委員だったから、みんなの方に向かってやる立場だったのを覚えてる？　彼女、一番前だから両腕を挙げたら、両腕の内側と腹が丸見えになって。両方とも痣だらけだったぞ。すげぇ驚いたし、目のやり場に困ったけど、虐待？　って思ったくらいだよ。家庭内で暴れたって印象じゃなかったけど？」

——虐待？　まぢっ？　そんなことによく気がついたね。それなら、実母の死後迎え入れた新しい母親に馴染めないからって言うのはどうなんだろう。不和でどうしようもないって程、新しいお義母さんと暮らしたとは思えないよね。そういう事情までしか分からなかったけど、何かしっくり来ない感じが残らないか？　ともかく説明はそれが限度だったみたいで、結局理由まで分からないまま、おばサンからは、その美里ちゃんのマンションに花音を行かせないでくれって拝まれたんだ——

「周囲に暴力振るうなら、お義母さんも例外じゃないだろうに、馴染めないって表現になるかな？　そういう子は動物も虐待しそうなのに、美里にまとわりついている動物霊達がすごく心配そうにしてるのは、矛盾してるよな。ただ、家庭内暴力にしても虐待にしても暴力絡みかも。それに花音が巻き込まれるってことかな？」

——でもな、傷跡は、家じゃない場所でイジメられたかもだし、暴力を振るっていて、うっかり自分を傷つけたとかかもしれないし。動物霊も、単に美里の傍が心地いいってだけかもしれないし、今まで可愛がってきたペットなだけかもだし、『芥《あくた》を惹きつける聖明』ってこともあるけど、実際のところはよう分からんな——

「何それ？　それにしても、家庭内暴力を起こすやつって、学校にあんまり出てこないんじゃねーの？　美里、一人暮らしなのに確か皆勤だとか花音が褒めてたよ？　やっぱ、変だよ。違和感満載っ」

――だからって、美里ちゃんのマンションで何が起きるんだ？　誰か別の人がいて一緒に虐待されるのか？　それとも、彼女が花音ちゃんを傷つけるとか？――

「虐待してる人がいるなら、その可能性も否定できないよね。でも、美里が花音を傷つけるってのは考え難いよ。お互いにすごく大切に思い合っているみたいだったよ。彼氏作るより大事な関係的な返答だったぞ、あれは」

――えらい実感こもってんな。確かに希望的観測ってこともなさそうだなぁ。でもさっ、人間関係って家族もそうだけど傍目《はため》には分からないものだよ。引き合いに出されるのは嫌かもしれないけど、笙ちゃんの叔母さんだって、普段はすごくよく気の付く良い人だったよ。意外に花音ちゃんの独り善がりだったのかもしれないよ――

「花音の世話焼きを鬱陶しく思ってたってか？」

――うざいってほどではないにしろ、『ちょっと重い』が積もり積もってたのかもよ。感じ方の問題だからなぁ――

「うーん、それにしたって、少し距離を置くっつーか、毎週土日マストとかいう濃い交流を止めるというか、会う回数を減らすとかすればいいだけのことじゃん。花音を傷つけることに、直ぐ結びつくとは思えないけどな」

――あの二人が今の関係に至った経緯が全く分かんないのに、おいら達が色々言い合っても仕方ないよ。いざとなったら、笙ちゃん経由で相談してくれって言っておいたから、連絡あるっしょ。大丈夫かどうかは分かんないけど、何とか糸口はつかんだつもりだから――

なんだろう。全体に感じるこの違和感は……知れば知るほど、不穏な空気を感じてしまう。何か暗闇に引き込まれているような不安をどうしたらいいんだろう。

花音への想いを他所に、僕の心は沈んでいくばかりだ。

＊　父、翔三　＊

二〇一一年三月十日（木）続き

手当ての済んだ美里の父『翔三』は、医者や看護師から同情という名の脚光を浴びて、すこぶる機嫌がよくなった。

「うむ、これはこれで、快感だな。正しく怪我の功名と言えような」

自分のことしか考えていないから、不安そうに母娘がついて来ていることなど、すっかり視野から消えていた。病院前に並んだタクシーにさっさと一人で乗り込むと、自宅を指示して、不機嫌そうにシートに背を預けた。

「あれ？　お客さん、どっかで見たことあるよ。大学の先生だ！　テレビで見たことあるよ。えーっと確か、災害が起きた時に、社会不安が子ども達の心にどんな影響を及ぼすかみたいなことだったかな？　阪神淡路大地震を例にして、そこに住む人々がみんな同じように恐怖を感じたら、一緒にいる子ども達がどうなるとかなんとか？」

バックミラー越しに表情を確認しながらも、喋る喋る。

「やっぱりね。まあ、わしには難しかったけど、周りの大人の心掛けみたいなところは分かりやすかったね」

翔三はと言うと、テレビで得た知識を、情報の出処である当人を目前にして嬉しげに喋り続ける人の良い運転手を、煩いとは思うけれど自分が話題の中心であるのは心地がよいから黙って聞いていた。そんな気持ちを推し量ろうともせずに、けれど唐突に包帯に気が付いた運転手は、興味の向くままに尋ねた。

「あれっ頭の傷どうされた？」

バックミラーで表情を覗くように、運転手は喋り掛けてきた。

やっと本題に入ってくれて、ウキウキした気分を隠すのが難しい。けれど、ここは悲劇の主人公であることをきちんと伝えなくてはいけない。額に手を当てるといかにも辛そうな顔つきで、翔三はゆっくり味わうように告げた。

「怪我よりもショックが大きくて。一人娘が反抗的で、母親に暴力を振るっているのを止めようとしたら、このザマですよ。あんなに素直で可愛かったのに。児童の心理を教えている立場としては恥じ入るばかりですが、忙しくてかまってやらなかったからでしょうか。理解が追いつかず、本当にどうしてよいやら」

タクシーの運ちゃんごときに何て丁寧で礼儀正しいんだろう。あまりの好印象に、すっかり大学教授のシンパと化した運転手は、本心から同情的に言った。

「そいつは、お辛いこった。そんな子どもは警察の御厄介になるべきですよ。うん、一度痛い目に遭わないといかんです」

「いくらなんでも娘に警察はダメでしょう。将来を考えたら……この会話の内容も、世間には広まらないで欲しいですから、運転手さん、なるべく喋らないで下さいよ」

なるべく、だなんて、なんて遠慮深い言い方なんだろうと、更に好感度を増しながら、運転手は本心から言わずにはいられなかった。

「あんたホント偉いねー。そんな目に遭っても、娘の将来のことを考えてやってさ。伊達に大学の先生じゃないやね、うん。にしてもさ、娘さん、そういうお父さんの愛情に気がついてくれるといいねぇ」

『人好きがしてお喋り』そうな運転手の同情と称賛は、最も好むもののひとつであり、噂に尾鰭がつくであろうことも、想像すると気分が良かった。病院とタクシーでの好ましい体験に、父親の気分はすっかり上向いて新たに想像力を掻き立てられていた。

大学で同僚や助手に秘密として話そう、と包帯を擦《さす》った。

その同じ思考の片隅で、どす黒い欲望が渦巻くのを心地よく感じて、実現することを固く心に決めてもいた。恐怖でがんじがらめになった二人を想像すると、媚薬を吸い込んだような快感が体を突き抜けた。

とはいえ、母と娘が互いに寄り合って用心したなら、一人の暗い欲望をはねのけることも不可能ではなかったのかもしれない。なのに、ただ、二人には不幸なことに、極普通の感性があれば、誰しもがそうであろうことに傾注してしまった。

もしも、この翌日東日本を襲った未曾有の大災害がなければ、もう少し事態は違っていたかもしれない。美里も母もこの大災害に心を奪われて、この日あったことが軽いことのように思えてしまった。もしも、もう少し相手の行動を予測し用心する慎重さがあれば、回避できたかもしれない。二人とも、疑うことも知らず余りにも無防備に過ごしてしまった。

＊　＊　＊

何の進展もないまま、次の日がやって来てしまった。

無力感にさいなまされながら、ふと花音を見ると、例のおばサンは、相変わらず彼女の横にはいたけれど、叫ぶのは止めていた。ただ、熱心に丁寧に話しかけているようだった。そうして、時々僕の方を振り向いては、小さく会釈する。きっと、僕に何とか花音を止めて欲しいのだろうとは思う。だが、何を言えば彼女を行かせないでおけるというのだろう。あんなに頑なに決めているのに。

やりきれない気持ちのまま、僕は、休み時間も授業中も、花音から目をはずせないでいた。花音はと言うと、いつ振り向いても僕が見ているので、何だか段々表情が硬くなってきていた。

期待や不安なことがあると、時間は普段の様には進まない。速かったり遅かったり。感じ方の問題なのだろうけれど、焦りは時間を長く感じさせるようだ。じりじりと時は刻まれていくというのに、彼女を止める何の手立ても思いつかなかった。

＊　父、翔三　＊

『表』を作ったのは彼が高二の時だった。

新しく赴任して来た数学教師は、長い黒髪を丸く後ろにひっつめていて、化粧っ気のないそばかすの顔が、専門バカに見えた。だが、一回目の授業で、自己紹介がてら黒板を数字で埋め尽くしていく細い指に、なぜか彼の心は躍った。

『未だに規則性が発見されていない』という事実が想像力を刺激し、その羅列に、自分から規則性を与えてやろうと思った。目に見えるすべてを支配できるように思えた。

『我が翔三の名の下に』

当時は、まだ家庭用パソコンが広まっておらず、当然、その最初の表は手書きだった。真新しいB5の大学ノートの最初のページに、ボールペンで線を入れた。定規に沿って伸びる黒いラインを、胸の動悸を抑えながらゆっくり入れた時の、あの感覚を彼は今も忘れていない。

左から、通し番号

素数

素数に意味付けした数字

この意味付けが最重要で、彼の名前からインスパイアされた。そう、素数に掛ける3すればいい。運命を感じて彼の心は躍った。あと半分くらい余白があったけれど、いずれそこにも関連した何かを埋めることになるだろうと、彼には分かっていた。

一ページにつき二十五個の素数が記入できるようにしたので、三つの項目を埋めていくのは、彼のライフワークになった。少しずつ、ノートは埋まっていったけれど、結局、余白まで埋まり始めたのは、結婚後もずっと続けて、美里が生まれて暫くした頃だった。

どう使うか決まったのは、妻の父親つまり高林の義父の死がきっかけだった。新しく付け足したのは四列。
意味付けした数字の上との差
（3、6、9……に対して、上との差なので0、3、3……と続く）
義父の死亡日に、さっきの差の数字を足す
（義父は一九九九年九月九日に死亡しているので、九月十二日、十五日と続く）
美里の年齢
実行内容
それを見ているだけでも、その時の興奮を思い出して、彼の心が安らぐのだった。
病院からの帰りがてら妻を誅殺すると決めた。突然反抗的になった妻をそうするには、これまでも彼に数々の示唆を与え続けてくれたその『表』が必要だった。
「この表は、私が全てを支配するのに必要不可欠なのだ。なんと、間もなくあの日だ。これは運命だ、あの命は私次第なのだ」
考えるほどに胸が高鳴る。
「どうする？　時間があまりないから家にあるものでだな。ふむ、どれが簡単だろうか？　そう、あれは食後の予定を毎日殆ど全く同じようにこなす。だから、いつものようにする中で事が起きるようにすればいいだけだ。美里がいつも使うコップと入れ替えておけば、万が一の疑いも決して私に巡ってくることはあるまい。今までも、それで上手くやってきたのだから。ふふっ、思い通りに事が進むのは本当に気持ちがいい。馬鹿な女だ。今まで通り疑問を抱かなければ、寿命を全うできたかもしれんのにな」

『全てが、私の支配下にある
私はこの家の神なのだ』

＊　＊　＊

昨日から同じことの繰り返しで何の進展もない。僕はただ真剣に花音とおばサンの様子を見詰めることしかできなかった。そうしていれば何かが変わるかのように……結果的に朝からずっと見守ることになっていたので、つまるところ、

「佐藤、どうも気になる。ちょっとこっち」

なんて何だか情けない感じで手招きされ、廊下の隅へと呼び出されてしまった。

「あのさ、一昨日のコクハクって本当は何か別の目的もあり？　あれからずっと私のこと見てるでしょ。だけど、こう、何て言うのか、好きって感情で見られてる感じがしないんだよね。マンガじゃないから、目がハートになるわけもないから、雰囲気的にだけど。気になるから、ちゃんと説明してくんない？」

問われたからといって、どう説明したらいいのだろう。どう言えば、彼女の気を変えることができるのだろう。花音から視線をはずして、少し考えた。幽霊からの忠告だと教えれば、行くのを止めてくれるだろうか？　そうとは思えなかったけれど、気のすむように、僕は、なるたけ正直になろうと思った。たとえ、それで軽蔑されたとしても、こんな不安を抱き続けるよりもましだ。

「ばれたか……そうなんだ、好きっていうだけじゃないんだ。あっ、気持ちは嘘じゃないんだけどね（さりげに付け足したりして）実は、どうしても伝えたいことがあったんだ。そのために、どうしても、お前の気をひきたかったんだよな」

こんな飾りようのない言葉でも、花音は少しはまともに受け取ってくれたんだろうか。期待より不安の方が大きい。

お互い無言で見詰め合った。それこそ、花音は下から睨むように見上げて。

＊　父、翔三　＊

小安翔三の生い立ちをたどると、ある種の哀れを感じもするけれど、それが一連の行為の原因としたら、あまりにも身勝手で幼稚であろう。妻、美夜子へのこれまでの態度も夫婦のそれとしてあまりにも一方的なものであった。

翔三の父『小安秀飛《ほつひ》』は、専門分野においては知らぬ者がいない程勇名を馳せた人であった。国立大学で国文学を教え、その叡智は、国文学から派生して古典文学、国土地理学、民俗学、社会学、と関連する世界へと留まるところを知らないような優秀な学者であった。それは、小安家が江戸時代から何人もの学者を輩出する名門であったことも、無関係ではなかったようで、秀飛自身、幼少より英才教育を受けて育った。そして、連綿と続く家系の期待に応えられる能力があった。

それゆえ、何の遠慮もなく、自分の子どもに対しても、幼少より英才教育を受けさせることに厳格であった。当人の資質など、おかまいなしの頑迷さで彼を従わせた。

不幸の原因は唯一無二ということはなかろうが、平凡な親の愛を受けられる子どもであれば、別の人生が待っていたかもしれない。彼の目にどのように父親が映っていたのかは分からないが、そうした教育方針にぴったりの子もいればそうでない子もいる。普通にしていれば、優等生ではないにせよやんちゃな子どもで済んだかもしれない彼には、父親の期待と厳格な教育方針は相容れなかった。

そうであっても、誰の人生もが歪む訳ではない。だが、容易に英才教育の囲いから抜け出せなかった彼は、何時の間にか危険なイタズラと怪しい遊びにのめり込んだ。残念なことに、その家柄や財力からくる彼の家には広大な敷地があった。

明治時代、政界、財界、学界と問わず著名人の間で、渋谷村以西に別宅を持つことが流行した。その名残のある瀬田の邸の一つを自宅用に改築したため、自然豊かであると同時に人目につきにくい国分寺崖線の一部を広い裏庭として持つことになった。そのことが、彼の秘密を周到に封印するのに役に立ってしまい、彼の罪過を家族すら看過し続ける結果となった。

更に、そうした怪しい行為を継続して行なうために、優秀な成績で父親の介入を防ぎ、行動のあれこれに首を突っ込んでこないよう、父親の目を盗んで上手く立ちまわるようになっていた。

　不幸なことに、彼のそうした生き方は、大学卒業後そのまま大学に残り助教授まで上り詰め、結婚、出産と人生が変化していっても、留まることはなかった。その上、奇しくも彼が専攻した児童の発達心理という分野は、研究という名目で、美里に対する数々の悪行を助長するばかりであった。

　そして、それらの行為は、漸《ようや》くエスカレートしていった。

＊　＊　＊

「ふーんっ、それって、一昨日言ってた土曜日丸一日つきあってくれってやつ？　初デートのお誘いとしてちょっと変よね」

　そう言ってイタズラっぽく笑う切れ長の目に、ドキリと動揺したけれど、ええい、この気持ちは後、後、

「頼むから真面目に聞いてくれ。僕と一緒にいなくてもいい。別の場所に行ってくれさえすればいいんだ。理由とかそういうのは、いずれちゃんと説明するから。とりあ

えず、僕の話を真剣に受け取ってくれ。僕と付き合わなくていいから、ともかく今日美里の家に行くな！」

しまったと思った時には遅かった。口を衝いて出てしまったものは取り返しがつかない。途端に、花音の視線が厳しくなった。

「なんで美里ん家に行くって知ってんの？　それ、きもくねぇ？」

「きもくてもいいよ。知っている理由は今度説明するから、頼むから止めてくれ」

花音の眸は、見詰める僕の目にも明らかなくらい、怒りから不安へと目まぐるしく色を変えていた。僕の思いが伝わった気がした。けれど、かなり長い沈黙の後、首を振りながら真面目に答えた。花音の決意は固いようだった。

「無理。マストだから……でも、うん、よく分からないけど、ふざけてそんなことを言うタイプじゃないのは知ってる。佐藤の言葉は真面目に受け取っとく。うん、ともかく用心しておく」

何か思い当たることでもあるのか、ふっと、花音の意志の強い瞳の中に濃い不安の色が過《よぎ》ったように見えたけれど、きっと僕を見上げると、軽く頷いて背を向けて教室に戻っていった。おいてけぼりにされた僕はというと、花音にとって、美里がどれだけ大事なやつか思い知らされて、余計気が重くなっていた。

本当にどうにもならないんだろうか。

付き合いの浅い僕では、引き留めるにも、もっと強い何かが必要なのだろうけれど、花音の背中を見送る僕の頭には、何のアイデアも浮かんでこなかった。

＊　母、美夜子　＊

二〇一一年三月二十一日（月）

美里の母は、極めて几帳面な性格だった。

だから、仕事でどんなに忙しくても、家の中が乱れているなんてことは、美里の知る限り一度もなかった。ルーズな人間からしたら、居心地が悪くなるくらい整理整頓されているともいえたが、幸い、美里の家族はみんなきれい好きだったので、それで折り合いが悪くなることはなかった。強いて言えば、父の部屋は比較的散らかっていたようだ。

いずれにせよ、そういう人間にありがちであるように、母の生活習慣は、判で押したように毎日きっちりしていた。特に夜は、仕事から帰宅すると、夕食の支度、食べる、片付ける、風呂に入って、明日の支度をして寝る、という順番が狂ったことはないようで、帰宅時間によって後へずれこむことはあっても、やることは変えないという風であった。「肉体労働ではないし、子ども相手の仕事だから大丈夫だ」と決して手を抜こうとはしなかった。まさかその気真面目さが、自分の命を縮めることに利用されるなどとは露も思わなかった。

だから、その日も、教え子の保護者から言われのない非難を受けて重い疲れを感じていたが、母は、何時ものように風呂から上がると、タオル地のガウンを身に着け頭にタオルを巻いて、風呂場のすぐ隣りにある台所へと直行した。冷蔵庫から生前の母が好きだったりんごジュースを出して、美里とおそろいのマグカップになみなみと注ぎ、入浴前に小皿に出しておいた疲労回復用の栄養補助剤をそれで流し込んだ。

『あらっ？　よく見たら、いっけない、このマグカップは美里の方だったわ。やぁねえ、老眼かしら？　疲れてるのかしら？　お風呂に入る前に出す時、見間違えたのね。ついに、こんな間違いをするようになっちゃったわ。気をつけなくちゃ。ふふっ、また、美里に叱られちゃうわね』

美里のぷりぷりした顔を思い浮かべた。そのいかにも幼げな表情に思わず微笑みが浮かんだ。

『あんなに精神的に幼い子が、あんなことを自分で思いつくはずがないわよね』

と改めて思い直していたら、コップを持つ手が震え出した。

目の前も暗くなったような気がする。心臓の辺りが痛い。右手でとんとん叩いてみる。急に心臓が、今までに経験したことのないような激しさで波打った。頭がぐらぐらして目が回った。そのまま、台所の床に昏倒した。

台所の床であったがゆえに、誰の目にもつかず発見が遅れてしまった。

既に何年も前に亡くなっていた姑の心臓の薬を間違えて飲んでしまったようだという判断だった。美里の家では、薬も栄養補助剤も、誰もが飲み忘れないよう台所の食器棚の同じ抽斗《ひきだし》に入れてあった。なぜ何時までも故人の薬が残っていたのかは不明であったが、母の胃の内容物を警察で調べたところ、隣り合った心臓の薬と成分が同じだった。他に疑いようもなかった。それで、薬の誤飲として片が付いた。

あの未曽有の天災から十日足らず、世間の関心と注目がまだそこに向かっていたその日、まだ十二歳の美里をおいて、母は逝ってしまった。

＊　＊　＊

廊下に取り残された僕は、のろのろと教室に戻った。土曜の午後の部活を前にした喧騒と、あちこちから微かに漂ってくるお弁当の匂いが、僕を現実に戻してくれたけれど、あたかも「心配しないで」と釘をさすように、強い視線で僕を見上げた彼女に、一体あれ以上何を言えばよかったというのだろうか。力なくスマホを取り出して、

「これ以上、どうすればよかったのかな」

と、吐き捨てるように呟いた。

――笙ちゃん、人が誰かにしてやれることには、どんな場合でも、どんなことにでも限界があると思うよ――

「そうかな？　これが限界だと諦めてもいいのかな？　もしあのおばサンの心配が的中しても、僕達後悔しないかな？」

――未来を完全に予測するのは無理だもんな。後悔しないのって、どこまでやればそうなるのか、今の時点では分かんないじゃん――

「本当に、出来る範囲で精一杯やったと言えるのかな?」

――評価する必要、あんの? ――

「分からないよ。ただ、すごく不安なんだ」

――うん、それは否定しない。おいらもだもん

沈黙の降りた二人の間に、昼休み終了を告げるチャイムが鳴り響いた。あたかも何かの終わりを告げる鐘の音のようで、暗雲に飲み込まれていくように感じた。

＊　美里　＊

最愛の母を亡くして、出席の適わなかった小学校の卒業式も中学校の入学式も、美里は虚ろに迎えた。通り過ぎる景色の一部のように。

父はというと、母が亡くなって一年もしない内に、再婚した。母の葬式では同情的だった人達も、「お盛んだな」と下品に揶揄した程度で、さすがに母の死に疑問を抱く者はいなかった。美里は、父が母に危害を加えたという疑念を抱いていなかったが、再婚が母への冒涜のように思えて、父を許せなかった。その感情のままに、母の一周

忌すら待たずに言い寄ったという新しい母親をも許せなかった。

しかし、あの父の言うことである。義母が言い寄ったというのも事実ではないのかもしれない。ならば、義母との確執ではなく、本質は、父との確執であったのだ。ただ、父は立ち回るのがひどく上手かった。美里とぶつかりそうになると、「直ぐ私に手を上げるんだ」と義母の背中に隠れるように体よく逃げた。

義母はもしかすると、本当のところ決して悪い人ではなかったのかもしれない。口は悪いが、父と一緒でない時は比較的穏やかに接してくれていた。父とは切り離して考えるべきだと、頭では分かっていても、父にぶつけられないフラストレーションを上手に矛先を変えられるほど、大人にはなっていなかった。多分、時間をかける必要があったのだろう。美里は、まだほんの子どもにすぎなかった。

ある日、髪についたホコリを取ろうとしてくれた義母の手を払い除けた。かなり強い力だったため、義母は美里の爪で擦り傷を負い、浅くとも目立つ傷跡が、頬を横断してしまった。事が起きた後の美里の表情を知っている義母自身は、あまり大問題にしていなかったにもかかわらず、その場にいもしなかった父には、美里を非難する格好の口実となってしまった。

以来、父は内外を問わず「美里に殴られかねない」と騒いだ。その横で、白々として他人を拒絶する冷ややかさを美里が身にまとうようになっていたことに気づきもせず、父は邪な企てに夢中になっていた。

＊　＊　＊

――おい、笙ちゃん、花音ちゃんと美里ちゃん、やべーかも。おいらが生きてた時にもさ、仲良しの中学生の女の子二人が、手を取り合ってマンションの屋上から飛び降りたことがあったんだ。後で聞いてみたら、一人が酷いイジメにあっていたのに、相談にのってくれる大人が誰もいなかったんだ。そいで、相談にのってた仲良い子まで同じ目に遭い始めて、絶望的になったんだよ。確か、主謀格の女子の仲間で、不良グループの男子達から暴行されて。逃げ道がなくなっちゃったんだ。ひどい話だと思うけど、今だってなくはないと思うよ――

「そんな事件があったんだ。知らなかったな。まさか？」

――いや、あの二人がそんな目に遭ってたとは思わないけど。悩みの中身によっては、そんな事態になりかねないってこと。やばいよ——

「えっ、そんなに？　もうすぐにでもって感じなの？」

——分からない。でも、まだ花音ちゃんは部活中だから——

「僕も学校整美委員会の会議があるよ。一応書記だし」

——うーん、それが終わってからでも大丈夫かな？——

「分からないよ。とりあえず委員会に出る。んで、終了後すぐ、部活中の花音にもう一度会うという段取り？」

——うん、今はそれでしゃーないか？——

何をどうすればいいのか、正確に判断できないまま時間が経とうとしていた。

＊　美里　＊

中学校生活は散々だった、といえるほどの記憶が実のところ美里にはない。ないけれども、父と上手くいくわけでも、父からの酷い行為がなくなるわけでもなかった。幸いなことに、母の死をきっかけにあの厭な処罰とやらが復活することはなかった。

ただ、父は、娘の家庭内暴力がひどく、特に新しい母親への反抗的な態度が止められないという理由を、実しやかに、それとなく周囲にもらした。それが、美里の高校生活へ向けての伏線だったとは、少しも思わなかったけれど、適当な高校に進学が可能なように塾に通わされたし、内申の必要から部活への参加が許されたこともあって、時間的には過ぎていくのが早かった。

進学塾でも美術部の極少ない活動でも、恩着せがましく許したように振る舞う父に、特に際立った反抗はしはなかった。その週に数度の息抜きは、花音の家への訪問同様、逃げ道として美里の中学生活に欠かせなかったから。

その傍らで、父は家庭の平穏を守るためにも、娘と新しい母親とが一定の距離を置くためにも一人暮らしが必要だと、見知った人々に説明した。挙句、高校入学を前に、本人の意志など一向に解しないまま美里の一人暮らしを決めてしまった。

娘に特に細やかに配慮しているようには見えなかったのに、その力のある言葉に疑いを挟む者はいなかった。否、多少疑いを抱く者がいたとしても、そんな面倒な親子関係にかかわり合いになりたくないという周囲の消極性によって疑問は埋没し、またそれを疑問視する者も一人としてこの家には残っていなかった。

それでも、父親としての資質はともかく、父が体裁を気にするタイプであったのは、美里にとっては幸いであった。体よく追い出されたはずが、決められた家は大層ステキなものだった。瀬田の実家から歩いて二十分はかかる場所だが、合格した都立高校に通うため、最寄りに大井町線の上野毛駅があり、多摩美大生が多く住む場所であった。カーサマリーベルは、白いタイル張りの小さくてキレイなマンションだった。

それに、下駄箱に工具入れを隠したりしているところを見ると、父の悪意ある目論見は薄薄感じはしたけれど、実のところ父と同居ではないのが、猛烈に嬉しかった。いくら父とはいえ、別居してしまえば、四六時中美里を監視することはできない。毎日、毎週訪問してくるなど考えられなかったし、そうであっても父の言葉を傾聴する気もなかった。自由がある程度保障されたも同然だと思った。

モウ　ワタシハ
ダレカラモ　シンジテモラエナイ?
デモ　ワタシニハ　カノチャンガイル
カノチャンガ　イルカギリ
ワタシハ　ダイジョウブ

ソシテ　コノヒトリグラシデ

ワタシハ　スクワレル？

一人暮らしが決まって以来、美里の心の中で、絶望と希望が混沌と存在していた。

＊　＊　＊

「くそっ、委員会〜どーでもいいことでもめるなよな〜。まさか学校を出て、ファミレスで第二ラウンドになるとは思わなかったよ」

——確かにね〜委員会で十一時ってどうよ？　まさか委員長が家に帰りたくなかったとか？——

「そんなのあり？　で、キワさんどう？」

——分かんない。さすがに十一時過ぎてるけど、何もないような？——

「なら、大丈夫なの？」

——いや、いや、そうじゃないよ。ほら、おばサンが血相変えて来たよ——

「あ、ほんとだ」

――そう？　分かった。って、あれ？　行っちゃったよ――多分、ずっと前に学校出ちゃったよね。オバサン何て？」

「もう？　花音、直接美里の家に行くって言ってたじゃん。

――『花音が来てる。ともかく早くあの家から出してっ』って――

「それってやばいってことじゃないの？　キワさん、どうにかしないと」

――そう言われても、どんな人でも負の感情なんて隠してるもんだろ？　天真爛漫に見えても父親を殺したいくらい憎んでたり、遣り手のＰＴＡ会長でも姑を恨み倒してたり。でも、そういう感情をやりくりして生きてるのが普通じゃん。だから、『死ね！』とか『死にたい』とかって心の声があったとしても、更に一歩進んで実行してしまうのかそうはしないのかは、すげー分かりにくいんだよ。大抵は実行しねーし。

美里ちゃんだって、あれだけ大好きな花音ちゃんが一緒にいれば死なないだろうって程度で、敢えて心配する程じゃないと思い込もうとしてたよ。そもそも笙ちゃんが花音ちゃんを気にしてなければ、気が付きもしなかったんだから。うん？　何か急に黒い気配で不穏だ。急がねーとダメかな？――

「そんなんで、まじ大丈夫？」

キワさんの迷いように、訳も分からず、僕もあたふたとしていると、キワさんが焦るように続けた。

――ともかく、状況は後で説明するとして、宅配便とか言ってピンポンするとか、何かアクションさえすれば、びっくりして思い留まるかもしんないよ。だから、とりあえず、美里ちゃんのマンションに急ぐよっ――

「もうっ、美里ん家なんて知らないよ。どこにどーやって急げばいいの？　そして、行ってどうすればいいの？」

――あっ？　えっ？　何か、やばい！　やばいよ、笙ちゃん――

「えっ？　どう？　間に合うの？」

――これってリアルタイムなの？――

「どういうこと？　キワさん何が起きてるの？」

――ともかく、タクシー！　あっ、あの黒いのに乗ろう！――

「タクシー？　待って！　財布の中！　ある！　どこまで？」

――おいらが言う通り、運ちゃんに言って！――

あわや走り去ろうというタクシーを既《すん》での所で強引に止めると、僕らは飛び乗った。耳元のスマホで行き方を聞いているようにしながら、運転手さんに行き先を告げた。間に合うのだろうかとか、実際に何が起きているんだろうかとか、ゆっくり考えている余裕すらない。キワさんの言う目印を逃さないよう、もうすっかりネオンもまばらになって星がわずかに瞬く暗い中、美里の家に向かった。僕は、目を細めながら、運転席の背に掴まって、「そこ右」とか「信号まっすぐ」とか叫んだ。

タクシーは闇が背中から迫ってくる中をひた走った。

＊　美里　＊

一人暮らしは、それを画策した人物の企図に反して、母が亡くなって初めて、美里の人生に平穏をもたらした。父には、週一の訪問予定を月一に変えてまで、美里を孤独にして、より父に依存するように仕向けるつもりがあったようだが、大きな誤算であったろう。

美里を以前から見知った同じ小中学校の出身者の視線は、ちょっと痛かったけれど、高校というのは、そういう視線が薄まってしまうくらい新しい出逢いに満ちている。そもそも、新しい生活に慣れなくてはいけないのは、美里だけではない。皆、自分のことで手一杯なのが普通だろう。その上、幸いなことに、目立たないようにさえしていれば、敢えて噂の種にしようなどという趣味の悪いタイプがあまり集まらない学校でもあった。入学以来、美里の過去が話題に上ることは一度もなかった。

何よりも、毎週土日には、一番大好きな友人が泊まりに来てくれる。友達がたくさんいることを価値と考える人もいるだろうが、美里は、自分の多くを理解してくれている花音ちゃんが一人いれば、他に友人はいらないとさえと思っていた。

美里自身が理解出来ない変えようのない複雑な何かが、彼女の周辺を交錯しているとしか思えないのに、それを他人に説明できる根拠が何もなかったのだから、ある意味仕方がないとも言えた。父が美里に為した数々の行為を、証明する根拠がないと思い込んでしまっていたのも、もしかしたら父の術策であったかもしれないが、その時その時を隠れるように逃れるように過ごしてきた美里にとっては、やはり世間にどう訴えればよかったのか解りようもなかった。

ともかく、美里は、少なくとも疑心に満ちた視線に取り囲まれていない分心が軽く、学校生活も人生で初めて楽しめていた。ぽつねんと一人居続けたあの小中学校生活を思えば、何とも幸福なことであった。

　実家から歩いて二十分以上という場所は、時間的にも空間的にも意外な距離感があって、父の頻繁な訪問を阻んで美里を保護してくれた。周囲に残る自然や多摩美大学の広い敷地がくれる深呼吸したくなるような景色は、平穏を与えてくれた。

　家賃や光熱費といったものは自動引き落としで管理されていたし、食費や教材費などを合わせた仕送りが多くはないから、贅沢は出来ない。けれど、たとえ平日がカップ麺ばかりであっても、花音ちゃんのママの手料理のある休日を待つ楽しみが増える。ゲームやビデオやパソコンなど遊興に使えるものが何一つない質素な１ＤＫであっても、タブレットを持参してくれる花音ちゃんさえ来てくれれば、たとえ身一つでの来訪であっても、ここは夢のように楽しい場所になる。そう考えれば、この一人暮らしは、美里とってとても心が落ち着いた状態で、とても幸せに思えた。

　月に一度やってくるあいつに対しても、心を殺しておく術を身に付けたから大丈夫。高校卒業までこのままだといいなと、切に願った。

＊　＊　＊

――あの白いタイル張りマンションだよ。あ、カーテンから光が漏れてるのが、彼女の部屋みたい――

キワさんの声につられて見上げると、夜の帳にくっきりと浮く建物が目に入った。

「そこで止めてください」

タクシーを止めると、慌てて降りた。近くに緑地でもあるのか、どこからともなくシンと澄んだ空気の中に爽やかな香りが混じって、思わずヒクヒクと嗅いだ。そんなふうにドアの前に立ち止まった僕の横をすり抜けて、中年オヤジがそのタクシーに背を丸めるようにして乗り込んだ。すれ違いざまに、ふわっと妙な臭いが鼻を掠めた。思わず振り向かずにはおれないような常にはない臭いに、僕の足は前に進むことを止めた。今思えば、何のニオイか分かるけれど、その時は不審に感じただけだった。

それと殆ど同時に、鼓膜を切り裂くようなキワさんの叫び声が聞こえた。実際に周囲の人に聞こえなくても、僕は思わず周囲を窺い、そのオヤジに聞こえたのではない

かと、つい顔を見てしまった。すると、

「おい、今降りた奴！　私に何か用か？」

タクシーの座席にまだ左足が乗っていなかったオヤジは、極めて不機嫌そうな声で、僕を呼び止めた。見ず知らずの僕に対して、不自然に挑戦的な視線に、思わず釈明しないといけないような気がして、返事をしようとした。

「あ、いえ、急に耳鳴りがして、すみま、、、えっ？　げんのう？」

――ダメだ！　それ以上喋るな！　――

あやうく、そいつと会話してしまいそうになった僕を、キワさんは小さいけれど強い声で制した。

――そのオヤジと絶対に関わるな！　――

耳を裂くようなキワさんの鋭い叫びで、よく分からないまま会釈だけして、僕はタクシーから離れた。

――まだだ、まだ駄目だ。まだあのオヤジが見てる。あのタクシーがいなくるまで振り向かずに前に進むんだ――

一体、なんだって言うんだよ？　疑問でいっぱいだけれど、珍しくキワさんの顔が猛烈に怖い。

――ふーっ、止まってもいいよ――

目的のマンションから離れてタクシーからちょっと陰になる場所まで来た時、そう言うとホッとしたように目を瞑った。この後、いつものノンビリした口調がウソのような、口を挿む間もないトークを始めるとは思いも寄らなかった。

＊　美里　＊

二〇一四年九月二十日（土）

父が来宅したのは、文化祭の翌週の土曜だった。花音ちゃんが来てくれていた。予定外の来訪で全くの偶然だったのに、花音ちゃんは、父の滑らかな舌に負けなかった。そして父から美里をかばってくれた。

相手が子どもであっても、心ある大人なら礼をもって接するものなのに、開口一番、父は失礼だった。花音ちゃんの姿を目に留めるなり唐突に切り出した。

「君は誰だね？　一体ここで何をしているのかね？」

「小学生の時から仲の良い友人で、小野塚花音と言います。近所に家族がいるのに一人暮らしで淋しい思いをしている美里さんを慰めることができるよう、泊まりがけで遊びに来ました」

こんな風にひどくゆっくり強調して話す花音ちゃんは初めて見た。その落ち着いたモノ言いと、痛いところを突かれて不機嫌になった父は、イラついたように眉をピクリと上げて、突然威圧的な口調で返した。

「親が言うのも何だが、美里と友人でいるのはよく考えた方がいい。この子は、小学校の同級生だけでなく、家庭内暴力で私や新しい母親に危害を加えてきた過去もあるが、決して遠い昔のことではないぞ。君は知るまいが、そもそもどれだけ手にかけてきたことか知れないのだ」

「手にかけるとは、どういう意味かよく分かりませんが、美里さんが自ら望んで誰かに危害を加えるようなことはしないと思います。小学校の同級生と悶着があったあの時も、美里さんのお母さんがはっきり言ってました」

「何をかね？」

「『普段の美里からは想像もつかない行動』だって。私の母も『おっとりした美里ちゃんがそんなに悪知恵が働く子だとは到底思えない』って。それに、お父さんは、美里さんがお父さんと遊ぶことが好きでないということを御存じですか？」

（ほう？　美里とあの女をそそのかしたのは、この小娘とその母親か。意外なところで事実が判明したな）

「そうかな？　君が知っていることなど、私達の生活の全てではないと思うが。ま、君が美里と一緒にいるのは君の勝手だ。好きにしたまえ。ただ、何があっても私は知らないがね」

「確かに全ては知りませんし、知りたいとも思いません。ですが、私は私の知っている美里さんが大好きだし、決して誰かを傷つけるような人ではないと信じています」

胸に響いて涙を流している美里とは対照的に、父は頬を歪めて忌々《いまいま》しそうに花音を睨んだ。そして、あえて言葉にすることなく心を決めていた。悪しき行為は潜行して始まろうとしていた。

（何と生意気な小娘だ。『表』を確認しなくては）

「どうやら美里には意志の強い友人の後ろ盾があるようだな。君の判断が明瞭なのはよく分かった。まあ、たとえそうであっても、よくよく考えることを勧めておこう。

そして、私がこのように忠告したことを忘れないでほしいものだ」

「どちらも、それにはおよびません」

父の表情は驚愕で凍りついた。仮にも有名大学の教授を前にして、その忠告を拒否する女性がいようとは。相手が誰であろうとダメなモノはダメと言える強い女性を、この父は初めて相手にして、上手く言葉をつなげられなかった。

その様子が、いかにも歯切れよくしかも鮮やかに父を撃退したように、美里には見えた。父の隠された悪意が日の下に晒された様な快感を覚えた。拍手喝さいしたくて胸の前まで挙げた両手を、慌てて両側から結んで止めた。父が怒り始める時の表情が現れたような気がしたからだ。驚いたことに、そんな表情を浮かべながらかろうじて手を上げるのを父は我慢した。さすがに他人には酷いことはしないのだろうと、美里はほっと肩の力を抜いた。

だが、残念なことに美里の希望的観測は彼女の心の内で留まって、後《のち》にも決して現実にはならなかった。表面的に怒りを心にしまった父は、却って怒りを募らせて、美里が最も望んでいない結果をもたらす決心をしていた。

（なるほどね。美里が私をあれ程はっきり拒否した裏にはこの小娘がいたわけだ。

ふっ、次の誅罰はお前に決まったな）

＊　＊　＊

キワさんの言う通り説明したつもりだったのに、運の悪いことにあの運転手さんは東京に来てまだ間がなかった。急かしたのもいけなかったのか、一本右折を逃してしまった後、一方通行だらけの道に迷い込んで時間をくってしまった。そのせいで、左程遠隔地ではなかったにもかかわらず、時計の針は間もなく翌日を指そうとしていた。

僕は、さっきのオヤジが気になって、タクシーの走り去った方をいつまでも未練がましくみていた。耳慣れない言葉も、キワさんの叫びも、気になった。

「あのおっさん、一体誰？」

――美里の父ちゃん――

「なんであんなとこにいたんだろ？　それに、キワさん、げんのうって？」

――うん？　どうも今回の原因のような感じなんだ。玄翁は、おいらの記憶に間違いがなければ、両方叩ける形の金槌、えっ？　え？　まさか？　や、止めてくれ、嘘だろ……。

何で、あああああああああっ！――耳を澄ませたような態度だったキワさんの声が突然悲鳴になった。それから、絶望的な声で口汚く罵った。

――くそっ、畜生っ！　間に合わなかった。くそっ、手遅れだ！――

「キワさん、どう？」

僕は驚いてまじまじと見詰めた。こんなにも絶望的に怒り狂ったキワさんを見たのは初めてだった。突然の雄弁が、その怒りのすさまじさを物語っていた。

――おいらみたいな立場になった奴は、色んな人間の声が大体聞こえちゃうんだ。それで、そのままの状態でいたら、真面目な奴は大抵気が狂う。だから、普通は、すぐ生まれ変わってしまうか、モノや動物や平常心の人に取り憑いて、繭にくるまれたような状態でいることが多いんだ。人が心に秘めているのは、口に出来ないってことだからだ。笙ちゃんの花音ちゃんへの想いみたいなこともあるけど、どちらかというと負の感情が多いんだ。どんなに優しそうでも、幸せそうでも、強そうでも、恨んだり憎んだり妬んだり、時には他人や家族の死を願う思いも少なくない。

心の中では、それをすごくリアルに空想したり、ヒドイ悪態をついたりするんだ

――

「キワさん、どういう関係が、」

僕の言葉を聞こうともせずに、キワさんの独白は続いた。

――ただ、それは思っているだけで、実現するのは少ないんだ。だから、おいらは、聞こえても聞き流すことができたし、一々本気には受け取らないようにすることに慣れたんだよ。だけど、君の花音ちゃんへの想いから、花音ちゃんの心を気にかけている内に、別の声も入り込むようになった。それが結構重いモノだったにもかかわらず、おいらは聞き流した。今迄のように実現させるつもりはない煙幕に囲まれたような遠い感情だと思ったんだ。なのに、くそっ！　遅かった――

「遅かったって、まだ、花音にも美里にも会ってないけど」

――もう、行ってもどうにもならんってことだよ――

「キワさん、お願いだから分かるように説明してよっ！　ここまで来ておいて、どうして行くのを止めるの？　とてつもなく、厭な感じで頭がどうにかなりそうだよっ！　ちゃんと説明してくれないなら、ここから一歩も動かないよ」

僕の感情も際限なく高ぶって、そう言う言葉が震えた。

＊　美里　＊

二〇一四年十月十九日（日）

また、家に来てくれた花音を見ながら、美里はしみじみ考えた。あの日のことで、父にはハッキリ物が言えるような気がする。父からしたら、思惑がはずれた上に反抗的になって、余計扱い辛く感じているだろうけれど、私はもう、言われるがままに父の悪い趣味に付き合わされた幼い私じゃない。花音ちゃんがいるから。私を好きと言って信じてくれる人がいるから、強い私でいられる。

父をやりこめたあの日から一カ月経った土曜も、また二人で過ごしていた。土曜日は宿題や勉強を一緒にする。出来たら同じ大学に行きたいと思っているので、協力し合って英単語を覚えたり、中間試験の下準備を始めたりした。

時計の針は間もなく〇時を過ぎようとしていたが、朝からダラダラ遊べるように、足りない飲み物やおやつを、チョキを出して負けた花音ちゃんが、マンションの一階にあるコンビニまで買いに行った。ぐーで勝った美里は夜食のピザトーストを準備中で、鼻歌が自然とこぼれた。

だが、その僅かな時間に、まるでどこかで見張ってでもいたかのようにタイミングよく、父はやって来た。私の事情など思い遣りもしない自己中心的な父らしい行動だ。むかむかと腹が立ってきているのに、またいやらしい言い方をする。

「玄関に靴がなかったけれど、カバンはあるようだねぇ。今日も、小野塚さんは来ているのかな？　仲良く過ごしているのかな？」

「コンビニだよ。だから、帰れ！」

機嫌をとるように猫撫で声で美里を操ろうとする父に、一瞬たりとも居て欲しくなくて、精一杯怒鳴った。

「じゃあ、彼女に挨拶したら帰るから」

と居座ってしまった父が、美里よりも一歩早くチャイムに反応した。愛想よく彼女を招じ入れたその後ろから、父は静かににじり寄った。右手には、入居当時父がこそこそ下駄箱にしまっているのを不審に思って、中を確認した工具箱にあった大きな金槌を持っているのが見えた。

当時工具箱について追及したら、

「この金槌はね、玄翁という工具なんだよ。以前一度使ったことがあるけど、覚えてるかい？　これはね、美里が身を守りたいときや罰を与えたいときに使えるように、新しく買ったんだよ」

一寸だけ身を案じてくれるのかと優しさを期待しないでもなかったけれど、案の定恩着せがましく言うから不審を憶えて、かなり奥に押し込んでおいたのに、見つけ出す執念が悍《おぞ》ましい。その不快感で、今から何が起ころうとしているのか判断することも、危険だと感じることも、その思考回路は分断されていた。

「お前のせいだ。お前さえ現れなければ、美里は私に反抗することなど決してなかった。絶対私に従っていた」

父は、意味不明な雄叫びを上げながら花音の後頭部を力任せに、二度、三度と殴打した。そうして、ゆっくりとうつ伏せに倒れた花音の背中に跨《またが》ると、更に金槌を振り上げた。

突然のことに、美里は悲鳴すら上げることができなかった。助けを呼ぼうという頭にもならなかった。ただ、呆然と父を見ているしかできなかった。

父は、大きく息を吐き出すと、ふいに理性を取り戻したように、彼女を跨いだまま立ち上がった。口元に面妖な笑みを浮かべながら、血が手につかないようになのか、金槌を持つ方のビニール手袋を途中まではずして柄にかぶせると、手渡すように美里に向かって突きつけた。

「美里、お前がいけないんだよ。この子はお前を私から引き離すという罪を犯したから、罰を受けなくてはいけなかったんだ。そうとも、この子を選択したお前が殺したも同じなんだよ。だからねぇ、後はオマエが何とかしなさい。罰を受けたモノをどう処理するかは、随分何度もやってよく知っているはずだからね。もう、一人で全部できるはずだよねぇ」

父の耳障りな猫撫で声を心底おぞましいと感じていた健全な心が、既に機能を忘れてしまったかのように、差し出された金槌を美里は盲目的に受け取ってしまった。

父の自分本位な理屈は、なぜか美里を簡単に支配する。いつからそうなのか。なぜ疑問を感じなくなったのか。美里の記憶は曖昧だ。今も、何時の間にかそうしたことに疑問を感じ、抵抗しようという意志はどこかに霧散していた。

ミサトハ　カンガエナクテ　イインダヨ

ミサトハ　オトウチャマガ　スキナンダカラ
オトウチャマノ　イウトオリニスレバ　イインダヨ
茫然自失としている美里の傍にすり寄って、父は囁く。耳元で思考を止めるように低く響く声で……美里の目が、ふいに焦点を失って、見えていた部屋の景色が歪んだ。

＊　＊　＊

「頼むからちょっと待って、分かるように説明してくれないなら、ここを一歩も動かないから」

ちょっと脅かすように言ったのに、何も聞こえないかのように、ひたすら喋りまくるキワさんに困惑しながらも、一体何が起きているのか要を得ないままでは終われない僕は、キワさんの話を遮った。

「キワさん、待って！　一回僕の言うことを聞いて。花音と美里は、どうなったの？誰かが何かをしたの？　お願いだから、順番に起きたことを説明してよ」

まるで今初めて僕の存在に気付いたみたいに、キワさんは僕を凝視すると、今度は完全に黙り込んでしまった。いつも冷静で穏やかなキワさんをこれほど動揺させてしまう、何が起きたのか。想像したくもないけれど、厭な発想が次々に思い浮かぶ。

「あの二人、まさか一緒に飛び降りたりしてないよね？」

キワさんの周囲で、時が止まったようになってしまった。微かにキワさんの頭が左右に揺れたような気もするが、気のせいと言われればそうかもしれない。不安が募る。

「キワさん？　頼むよ」

待つことには慣れているつもりの僕でも、とりわけ長い時間を待ったように思えた。

沈黙に耐えられなくなって、僕は呟いた。

「明日、花音に会った時に聞くしかないのかな？」

――……いや、笙ちゃん、もう、会えないよ――

「えっ？　どういう？……」

意味がわかんねぇ
もう会えない？

どういうことだよ？

声にならない叫びは頭の中で木霊して、次の言葉が出てこない。

――笙ちゃん、全て終わってしまったんだ――

「だからぁ、それじゃぁ、どういう結末かちっともわからないじゃないかっ」

イラついた心は簡単に怒りに火を点ける。

「キワさんのバカっ」

――分かったよ、笙ちゃん。ちゃんと説明するからさ。だから、ともかく、家に帰ろう。細かいことは家で、ねっ？――

不安は、加速度的に増殖して一瞬で僕の心の大勢を占めた。

＊　美里　＊

二〇一四年十月十九日（日）続き

そう、よく知っている。食べるために捌く練習をするはずだったものが、何時の間にか罰を与えるための作業になっていった、父とのあのごっご遊びには、最初からこんなことが出来るようになるという含みがあったのだろうか？　何かが、おかしい。

美里の心が欠けていく……。

『えっと、何かな？

ああ、花音ちゃんだ花音ちゃんをどうにかする？

そうだ、ベッドに載せてあげなくちゃ』

うつ伏せに倒れた花音を苦労してシングルベッドに持ち上げて、寝かせた。まだ生温かい素肌が、くたりと美里の腕や太腿にもたれかかった。きれいに真っ直ぐベッドに寝かしつけた。花音の頬や首筋を伝う血が、美里のあちこちを赤く濡らした。

『花音ちゃん、いつものように髪をきれいに梳かしてあげるね。大型犬と同じはず。先ず、首を切り落とし、次いで手足を切り落とし、血をしっかり抜かなくてはいけないのだけど、花音ちゃんの顔は触れない。だって、まだ、目が開いているのだもの。仕方がないから、手首から切ろう』

実家にあるモノと違って、簡易のこぎりでは、幾らもしない内に、刃が毀れて引けなくなってしまった。手首にのこぎりを刺したまま、美里は動くことを止めた。その手で、花音の手を握った。

『手、ちょっと冷たいね

みいちゃんが、温めてあげるね
だけど、繋いでると、何だか安心できる……』
飛び散った花音の血で、見るに堪えない姿に変容したまま身動《みじろ》ぎもせずに、美里は体育座りの恰好でベッドに頭を載せていた。

＊　＊　＊

家に着いてからも、キワさんは直ぐに説明を始めようとはしなかった。おしゃべりなのに、極めて珍しい。それがかえって事の重大さを意味しているようで、僕の問いは心で反芻するのみだった。けれど、沈黙に耐えられなくなってしまった。

「結局、あの二人に何があったの？」

ちらっと僕を見ると、下を向いてキワさんは言い淀んだ。じれったいほどの間の後、とても辛そうに言った。

――そうじゃないんだ。問題はあの二人じゃなかったんだ――

「どういうこと？　自殺の心配があるようなことじゃなかったの？」

――覚えてる？　タクシーを降りた時、こちらの迷惑も考えず乗り込んできたおっさんのこと――

「ああ、美里の父ちゃんだって言ってたね」

僕は、唐突に出てきた人物に、首を傾げた。

――そうだよ、もう事が終わってる。笙ちゃんに出来ることはない――

「えっ、事って？　終わってる？　どういう？」

そう問う僕の言葉が上滑りして、どこかに掻き消えた。ふいにあの時のニオイが鼻先に蘇って息を呑んだ。

「キワさん、あれって血のニオイ？」

周囲の音など聞こえていない風なキワさんは、虚ろに僕を見つめている。僕の問いに答える気はあるのかないのかわからないけれど、久々に怖くて重ねて問えない。答えにならない言葉が聞こえた。

――くそっ！　もうどうにも出来ないよ。おいら達の手を離れたんだ。あのオヤジが、かなりヤバイ奴だったんだよ。これで、何回目なんだか……――

それから、もう僕の問いかけには一切応えなくなった。疑いをもっても現実を把握することができないまま、今迄になく厳しいキワさんの態度に逆らえないで、その夜を窮々と過ごした。

頭の中では『虐待が嵩じた？』『花音もなのか？』『玄翁は結局何なんだ？』という言葉が巡っていた。

＊　美里　＊

二〇十四年十月十九日（日）続き

美里が、花音と手をつないだまま体育座りしてから、どれくらいの時が過ぎただろう。南向きの窓の近くに置かれたベッドには、開いたカーテンから朝日が差し込む。美里の目には、その光すら入ってこなかった。

珍しいことに父は鍵を閉めないまま出て行ったようだ。いつもなら、これで美里を閉じ込めておけるとでもいうように、念入りに上下の鍵を回すのに。美里も鍵のことなどすっかり忘れていた。

「不用心ね。鍵が開けっ放しよ。何度も連絡したのに、電話に出るくらいしてちょうだいね。あなたの友達の家から何度も電話がきてるっていうのに。そうでなくても、全く母親らしくないって言われてるんですから。ホント困ったものね」

微妙に納まりのよくない上品ぶった口調でぶつぶつ言いながら、ふっくらとしてアラフィフには到底見えない義母がやって来た。何となく振り向いた美里の眸に、少し派手めの服装が映っているが目には入っていないようだった。首にかかったアクセサリーのカシカシと乾いた音が次第に近づいてくるのも、聞こえていないようだった。

玄関から真っ直ぐリビングに抜ける廊下を、鍵をかちゃかちゃいじりながら入って来た義母は、窓際のベッド横の床にぺたりと座ったままの美里を見つけると、一言言ってやろうと近づいた。

(美里の全身が妙に赤いけど、あんな服あったかしらね)

違和感を覚えながらも特別に深く疑念を抱くこともなく、ベッドに上腕ごと載せた美里の右手へと視線が辿った。繋がれた手にはノコギリが刺さっていた。

何を目にしているのか、最初は理解できなかった。一瞬の間を空けて、義母はあらん限りの声で叫んだ。

「ぎゃー、警察！」

初めて、ああ、お義母さんが来てたんだと思った。そして、何があったかなど聞こうともしないんだな。他人だな。そう、ぼんやり思うけれど、その時の美里からは、何か言葉を発する生気は既に失われていた。

＊　＊　＊

翌日のテレビのニュースで、僕は何が起こったのかを知った。けれど、その論調は、慮《りょ》外にも、女子高校生の異常な同級生殺人行為に終始していた。

＊　美里　＊

コノヒトタチ　イッタイ　ダレカシラ
ワタシ　ドコニ　ツレテイカレルノカナ
ナニカ　イロイロ　キカレタケド

ナンノコトカ　ワカラナイ
シャワー　キガエ
ベッドデ　ヨコニナッタ
イロンナヒトガ　ワタシノマエヲ　トオリスギタ
ワタシ　ドコニ　イルノカシラ
ナニカ　アッタノカナァ
ワタシ　ナニシテルノカナァ

＊　＊　＊

全てが、間延びして見えた。全てが、反響して聞こえた。

花音が死んだ？
花音が、殺された？
美里の父親に？

テレビで告げる情報とは異なる事実が、僕の脳内を上滑りして、上手く腑に落ちない。一体、何が起きたのだろう。キワさんの言葉にどうしても現実感を抱けない。かといって、ニュースキャスターの言葉にも現実味はない。

花音が死んだ
花音が、殺された
美里の父親に

リフレインしながら、真実を示す言葉が僕の中に沈殿していく。

＊　美里　＊

警察に収監されてからの私は、妙に気持ちが軽くなっている。父が私の傍に来てはヒソヒソを囁く言葉は、心地よく聞こえることが多いけれど、一人でいる時に思い出すと苦しくて息が詰まった。それが、ここではない。温かい場所というわけでもないのに。だからだろうか、私の記憶が、突然走馬灯のように蘇ってきた。

最初の記憶、

初めに頭に思い浮かんだのは、記憶ともいえないようなおぼろげな映像だった。高林の祖父啓太郎が降りた後の車に、父が何かしているすぐ傍で、ベビーカーに載せられた私はがらがらを振っていた。この時の私はまだ六カ月だったから、覚えていなくて当然のことだった。その記憶は奇妙さを残しながらも何時しか記憶の奥底に沈めていたものだった。

大きくなってから、用賀の坂を下りる時に踏んだブレーキが利かず、事故死したと聞いた。あの記憶がどういうことを意味するのか、今なら明瞭に理解出来る。

三歳の記憶、

父方の祖父小安秀飛が、「翔三！　お前は美里に何をしたのだ！」と父を厳しく責めていた。私はというと、内股を酷く抓《つね》られて小さな声で泣いていた。

それから暫くして祖父が、祖母達や母に「君達三人の誰かが必ず美里といなさい。決して一人にしてはいけない。何しろ翔三と二人きりにしてはいけない」と厳命しているのを、不思議な面持ちで見ていた。そうだったのか、だから、必ず誰かと一緒だったのだ。それなのに、結局祖父の心配は現実になってしまったのだ。

父の持つ細長い銀色が、目の前で祖父の耳に消えていった。

シャットオフ

六歳の記憶、

父方の祖母小安美津江の、「翔三さん！　何をしているの？」と父を叱りつける声がした。父にお人形の腹をカッターで切る手術ごっこをさせられていた。

祖母は私をも「言いつけを破ってどうして二人で遊んだの？　しかもこんなことっ」と責め立て、父の部屋から追い出した。だが、父と何をしていたのか、父から引き離された後どうしたのか、その明瞭な記憶は長らく消えたままだった。

「お祖母ちゃまはね、お風呂にこれを入れると気持ちが落ち着くんだって。この前怒ってたからね、入れてあげた方がいいよね。今、お風呂で寝ているから、こっそりお湯に入れてあげてね」

祖母からの頼みであるかのように父に言われて、祖母の浸かる湯船にコンセントにつないだドライヤーをそっと入れた。祖母はいつも半身浴しながら居眠りしてしまうから、静かにしてあげないといけない。

祖母の死因は入浴中の心臓麻痺だというが、元々心臓が弱かったので、ドライヤーと具体的にどう結びつくのか全く分からなかった。理屈は今も分からないけれど無関係とは思えない。湯船に入れたドライヤーは、救急隊員や警察官が来てバタバタしている間に、いつの間にか消えていたので、私の記憶からすっかり抜け落ちていた。

九歳の記憶、

高林の祖母清子《さやこ》が、「翔三さん、何て事を！」と、美里に猫への罰を与えさせていた父を強く咎めた。仰天して座りこんだ祖母を見下ろすように、「美夜子に言ったら、美里にもっとこういうことをさせますよ。美里自身にするかもしれませんねぇ」と脅す父の声が低く轟いた。

オママゴトの器に、農薬を入れている父から、「これは美里とお父ちゃまの秘密のお仕事用だよ。美里はね、神様に選ばれたんだよ。だから、神様の言いつけは誰にも言ってはいけないよ。今度、大きい犬に使う分だから、オママゴトで遊ぶ時に間違えないようにね」

言われた通りにしたつもりだった。だからこそ、母にすら秘密にしなくてはならないことと、取り違えてしまったことで、罪悪感に苛まれた日々があった。だが、思い出す限り、あの時は何度も確認したのだから間違えたはずはない。私でなかったとしたら、入れ替えられたのは、どの場面であっても同席していた父しかいない。

十二歳の記憶、

母、美夜子の死は、いまだに鮮明だ。

私と父との間にある不可思議な関係と遊びを暴こうと、父に詰め寄る母の声は微かに震えていた。父に逆らったことなど一度もない母が、詰問調で父に迫った。それにイラついて手を上げた父から母を守ろうとして、父に怪我を負わせてしまった。

その後見えた父の本性に心底震えた。病院に置いてけぼりにされた母娘は、身を寄せ合って互いに温め合った。そうしていても二人とも震えがとまらなかった。ただ、背中をさすってくれる母の手が、とても温かかったことは今も覚えている。

台所に通じる廊下の扉の後ろから、父が二人のコップを交換し、薬を別のものに取り替えているのを見ていたのに、それが母の死へとつながるとは思いもしなくて、その時は何もしなかった。もしも元に戻しておいたら、そう想像しても、母が倒れていく姿がその幻の絵図をかき消してしまう。思い出すと絶望的な気分になった。

つい、この間の記憶、美里十五歳、

頭に霞がかかったようにぼんやりして、何も考えられない。

この記憶はなくしてはならないはずなのに……。

津波のように押し寄せる一方の、色々な年齢の記憶の断片……。

どれも少しも面白いと感じなかった父との秘密の遊び。

両方の祖父母の無念も怒りも哀しみも、

今になってその意味を知るとは何と言う皮肉だろう。

魚の三枚下ろし、解剖、毒殺、刺殺、電気ショックの実験、

延々続く、実験、実験、事件、
そして、父の思い通りに作業出来ない時の虐待……。

自分自身が、真っ暗闇の深淵に堕ちていく滑落感。

「ほら、この金槌は玄翁というんだ。泥棒よけに玄関に置いておくから」

寸時期待した父性は、振り上げられた現実に儚くもかき消された。

ワルイコトヲシタモノハ
ダレデアレ　バッシナケレバナラナイ

父の低い声が耳に木霊する。

そこに頸木《くびき》を打たれたように出られない。


自分の声が頭の中に木霊している。

ダレカ　ワタシヲ　タスケテ

カノチャン　タスケテ
ダレカ　ワタシヲ　タスケテ
カノチャン　タスケテ
ダレカ　ワタシヲ　タスケテ
カノチャン　タスケテ

＊　＊　＊

テレビをどのチャンネルに変えてもスマホで検索しても、話題はアノコトで持ちきりなのに、真実を探り当てた報道はなかった。

――巧妙に事実を隠ぺいしたんだろうな――

「現場まで行ったのに。ポンコツじゃん、僕達」

――そんなに卑下すんなよ。おいらの存在も含めて、説明も証明も、するのが難しいことばかりだろ――

「だけど、キワさん、このままじゃ、美里が犯人にされてしまう。花音があんなに大事にしてた友達なのに……どうしたらいいんだよ」

あれもこれも納得できない

どれもが悔しくて哀しい

何よりも心が痛い

「事前に真相を知ってたって、何も出来ないなら知らないのと同じじゃないか。寧ろ、知らない方が、こんなに辛い思いをしなくて済むのに！」

――そうだよ。大抵のことは後の祭りなんだよ。おいら達は無力なんだよ。事前に知っていても、実際に何をしたらいいのかなんてことは、いくら幽霊だからって予め分かるわけないじゃん――

「なんだよ、僕よりもっと色んな事分かってたんだろ？　だから、タクシーで美里ん家に行けたんでしょ？　本当は予測できたんじゃないの？」

責めても仕方ないのに、僕はやり場のない怒りをぶつけずにはいられない。

――おいらが分かることにも限度があるからね。全部分かってたわけじゃないよ。結局、基本は、警察にまかせるしかないよ。証拠がないとそもそも犯人は特定されない。状況証拠的には犯人は美里ちゃんしかいない。だけど、きっと気付く人がいると信じてる――

「誰かが気付くのを待つの？　何時まで？　どんだけ待てばいいんだ？　放置したら冤罪になっちゃうかもだろ？　それなら、誰かが気付くように手助けてきないの？少しでも早く何とかしてやりたいよ。どこかは分からないけど、安心出来る場所に帰してやりたいよ。味方になってくれる人がいるところに」

――味方？　そんなもんいるかな？　そっちは探してみないと分かんねーよな。だけど、事件のことは確かに何か手助け出来るかもな。何もおいらの存在を説明して、ご丁寧に全部証明することもないもんな。タクシーのこととか、何かヒントになることを伝えられるかもしれないな。一緒に考えてみようか――

下手すると、笙ちゃんが犯人として疑われちゃうものなと、呟きながら、キワさんは思案気だ。キワさんはものすごく頭がいい。知識も豊富だし、回転も速い。きっと、何か思いついてくれるに違いない。僕も何か考えよう。考えていないと、どうにかなりそうだ。どの事実も非現実的過ぎて、今の僕には全部を整理して受け止める余裕が不足してる。

＊　玉川署　事情聴取　＊

通報を受けた指令台から、管内の玉川署に緊急指令が発せられ、マンション「カーサマリーベル」のエントランスから多数の捜査官が雪崩れ込んだ。日曜の朝から駒沢通りと環八の交わる辺りに集結したパトカーに、道行く人は何事かと足を止めた。

義母が開け放った玄関扉を抜け、カバーを履いて室内に入った捜査官の一人が、保護しようと肩にかけた手を振り払って、美里は叫んだ。

「花音ちゃんを連れて行っちゃダメ！　私が最後までやらなくちゃいけないの！　罰せられたモノは、土に埋める最後までキチンと片付けなくてはならないのっ」

なんだ、この発言は？

どういうことだ？　罰せられたモノとは？

土に埋める？

その場にいた捜査員全員の動きが止まった。

このいかにも幼気《いたいけ》な子が友達らしき子を殺した犯人なのか？

互いに見合った彼らは、血まみれで叫ぶ少女が、女性捜査官にシーツでくるまれて連れて行かれるのを黙って見送った。

五階建ての玉川署内には、各階に会議室にも取調室にもなる小さな個室がある。猟奇殺人などの重大な事件の容疑者の場合、使用する個室は決まっているのだが、今回は特別な配慮があった。高校生といいながらいかにも幼い少女を、そうした場所で取り調べても、恐怖で口が重くなるばかりであろうと、先ずは四階の生活少年課にある個室で取り調べることになった。足を踏み入れた際の雰囲気が、他と微妙に違った。

取調官と記録官の二人だけ。覗き窓もマジックミラーもなし。録取用に記録官の机に備え付けられたラップトップは、容疑者の姿と声がきちんと録画されるようセッティングが済んでいた。

薄暗いと思われがちな取調室だが、存外明るくて小奇麗なのが不思議らしく、きょろきょろと周囲を見回している様子の美里は、あんな事件と関わりのある少女にはとても見えない。予断は禁物であると頭では分かっていたが、同世代の娘を持つ取調官の胸に複雑な感情が渦巻いた。それにしても、きちんと証言をとらないといけない。

「こんな殺風景な場所で悪いけれど、色々聞かなくてはいけないんだ。気が散っては困るんでね。暫くはこの場所で我慢してもらうよ」

ちょっと言い訳がましいが、いかにも悪そうな奴を前にするのとはどうも勝手が違う。慣れないタイプだが仕方がない。私もプロだ。さあ、始めよう。

「どうして花音さんを家に呼んだのかな」

「いつも花音ちゃんはみぃを守ってくれます」

「よく君の家に来るの？」

「毎週末、必ず泊まりがけで来てくれます。今の家に引っ越す前は、花音ちゃんの家に必ず遊びに行っていました」

「そう。幼馴染なんだね。以前から自分の家に招いて、花音さんは君を守ってくれていたのかな？」

「はい、そうです。小学生の頃、花音ちゃんがそうするように言ってくれました」

奇を衒《てら》わない素直な受け答えに、取調官の方が居心地の悪さを感じてしまうが、そこはプロ。質疑は続いていった。

「何から守ってくれてたの？」

「それは二人の秘密です。ばれたら、二人ともきっと困ったことになります。きっと罰せられてしまうに違いないんです。だから絶対言えません」

「誰にばれたらいけないのかな？　困ったことってどうなるのかな？　誰から罰をうけるのかな？」

「それも言えないっ。言うのが、言うのはとっても怖いっ。絶対言えないっ」

あまりにも稚気の先立つ少女が、おぞけ震えながら頑なな態度で言う言葉に、さすがに眉を顰《しか》めながらも、捜査官は質問を続けた。

「そう、じゃあ、言えるようになったら教えてね。では、花音さんが守ってくれるようになったのは何時からかな？」

「高林のお祖母ちゃまが亡くなって一年くらいしてからだから、たぶん小学校五年生だったと思います」

「高林のお祖母さんが亡くなってから？」

同席して、入り口に立っていた捜査官の一人に目で合図すると、

「何かあったのかな？」

「えっと、あの、えっと、よく覚えていません。でも、それだけじゃないです」

「じゃ、お祖母さんが亡くなってから何があったのか思い出したら、教えてね。それで、他にも守ってくれる理由があったのかな？」

「はい、小学校六年生の時、みぃちゃんがやった事件の後からは、周りの友達からも守ってくれるようになりました」

「六年生の時？　君が何かしたのかな？」

「いじめっ子達に仕返しをしました」

「仕返し？　どんな？」

「その子達の給食に薬が混ざるようにしました。同じクラスだった人達は、みんな知ってます。その後、いじめがひどくならないように、花音ちゃんが守ってくれました」

小六の子どもが薬を混ぜた？

どういうことだ？

そんな事件があったか？

取調室を映像で見ていた捜査官達が、静かに顔を見合わせた。危険な臭いがするその事実を調べなくてはならない。事件として扱われなかったということは、隠蔽されたのだろう。ならば学校側の口を割るのは難しいだろう。だが、この事件を解明するために、これは重要な鍵になりそうだ。熟練の取調官の頭はフル回転しながら、それでも、目の前の子どもの情報は余さず掴《つか》まねばならないから、質問は留まらない。

「そんなに守ってくれているのに、なぜ殴ったのかな？」

「誰をですか？」

不思議そうに首を傾げて取調官を見る美里の目は、実のところ焦点が合っていない。つい少し前まで、守ってくれる友人のことを誇らしげに語っていた表情とは明らかに異なっていた。

「お友達の花音さんのことだよ」

「花音ちゃんに何かあったのですか？　よく、分かり、ません」

美里の表情から、急速に常軌を逸していく何かを感じる。

「亡くなった花音さんは、君の家のベッドに横たわっていたよ」

「亡くなった？　花音ちゃんが？　私の家でまだ寝ていると思うんですけど。今日は、学校を休んだんでしょうか？　あれっ？　昨日のこと？　よく覚えていません。えっと、何かあったんでしょうか？」

「花音さん、君の家で死んでたんだよ」

「そんなはずありません。土曜日は、最初にちょこっと宿題を終わらせてから、一緒に映画観て、ドラマ観て、ゲームやって、おしゃべりして。日曜日には、朝からダラダラ過ごしてから中間の勉強を始める約束だったんです。部活の後、家に戻らずに学校から直接来てくれて……土曜の夜に、日曜日の分のおやつとかを確保しようってことになって。花音ちゃんがじゃんけんで負けたので、コンビニまで飲み物とお菓子を買う分担になって。いつ戻って来たっけ？　あ、れ？　どうやって家に入って来たっけ？　私が鍵を開けたっけ？　それからどうしたっけ？」

明らかに記憶がおかしくなっている。一時的な混乱のせいかショック症状なのか、まだ判然としない。

「それじゃ、昨日の出来事を朝から順番に思い出してみようか。慌てずに、じっくり思い出してくれればいいよ」

事情聴取をする取調官の脳裏に、警鐘が鳴った。これは、犯人が既に逮捕されたと安心してよい、単純な事件ではないかもしれない。刑事達の勘が不審だと告げていた。

＊　＊　＊

——おいらさ、警察に行ってきた。美里ちゃんのとこまで行ってみたんだ——

朝から気配がないと思ったら、そうだったんだ。でも、やけに沈んでいるな。どうしたのかと、僕はキワさんをじっと見た。

——警察にも一人くらい霊感の強い人いないかなと思って。おいらが、直接訴えられたらそれが一番だもんな。だけどね、笙ちゃん、おいら、辛くなって、ろくに捜しもしないで戻ってきちゃった……——

「取り調べのやり方が非道いの？」

——そうじゃなくてね。美里ちゃん、精神状態がおかしくなってた——

「じゃあ、自分で弁明とかしてないんだ」

——うん。ただ、思考がね、『誰か助けて。花音ちゃん助けて』って、何度も何度も繰り返してるんだ——

淀みなく話しているように見えたキワさんの表情が歪んでいた。

耐えきれずに嗚咽が漏れた。
悔しくて哀しくて……
花音……
涙が後から後から滴《したた》った。

＊　玉川署　容疑者　＊

最初の事情聴取で、様子のおかしい美里を見た刑事達は、美里が単純に犯人であると断定することに違和感を感じていた。余りにも不自然なことが多いように思えた。精神鑑定を準備する一方で、美里が言った小六の事件を始め、彼女の言動に従い周囲で起きた出来事を過去に遡って調べ始めた。初動捜査の見直しも直ぐさま検討された。

捜査班の立った部屋にあるホワイトボードに、一人の捜査員が美里の家族の忌日などを書きこんだ。

一九九九年九月九日、母方の祖父高林啓太郎死亡（交通事故）
二〇〇三年一月十四日、父方の祖父小安秀飛死亡（脳溢血）
二〇〇五年六月九日、父方の祖母小安美津江死亡（心臓麻痺）
二〇〇八年九月二十七日、母方の祖母高林清子死亡（農薬の誤飲）
二〇一一年三月二十一日、母小安美夜子死亡（薬剤の誤飲）
二〇一四年十月十九日、友人小野塚花音殺害（金槌による殴殺）

ある種の人間は、日取りに厳密な意味を求めるというらしいが、これは概ね三年おきだけれど、きっちり間隔が同じではない。しかも死因が明らかな連続殺人を思わせる他殺でもない。この微妙さはどういうことだろう。何らかの法則性が隠されているのだろうか。美里の親族の死は、そもそも殺人事件ではないのに、なぜか気になる。

死亡に美里が関わったという事案があるというので、当時の記録が持ち出された。担当した捜査員の話だと、高林清子女史は、美里のままごと道具に入っていた農薬を誤飲したということだった。

「ままごとの道具に普通農薬を入れるか？　ガーデニング用に準備したものだと、父親が証言しているが、そうであっても不自然だよな。子どもが間違えそうなモノに危険なモノを入れるか？」

　では、それ以外はどうだ？　家庭環境や家族の経歴といったことを抜いて、事実のみを純粋に見ると、どの事案にも不審な点があるように思えた。捜査陣が疑問を重ねながら動き始めた時に、一本の電話がかかってきた。

「たれこみか？」

「ええまあ。耳寄りな情報といった方がいいな。たまたま近所に居合わせた高校の同級生、男子生徒からの電話です。無関係かもしれないと思ったみたいですが、気になって電話してきたようです。

『被害者に告白して土曜日のデートに誘ったら、友達と約束があると保留の返事だった。本当は彼氏がいて断られるのかと気になって、行き先を聞いた。ついていくわけにもいかないけど、どうしても気になって彼女が下校して暫くしてから、その行先までタクシーを走らせた。タクシーを降りたところで美里の父親とバッタリ遭遇した』

ということでした」

「高校生のくせにタクシー？」

「委員会が長引いて夜中になったらしい」

「そんな時間に行くか？」

「訪問するつもりはなかったようです。ただ家の表札やポストで嘘じゃないか確認しようと思っただけのようです」

「んー、まあ、そんなもんか恋って？　ストーカーではないな？」

「電話の雰囲気は、そういう感じじゃなかったですけど、調べますか？」

「念のためそうしろ。近隣の少年課も当たっとけ」

「はい、住所は岡本みたいですから、成城署とうちのとにすぐ確認します」

「にしても、なんで美里の父親と知ってる？」

「テレビで見たことのある超有名な教授だからだそうです」

「ばったり会ったぐらいで通報か？」

「異様な臭いがしたって」

「血か？」

「明言は避けてましたが、そのようです」

「おい、誰かその同級生に直接聞き込み！　ついでに洗っとけ！」

「はいっ」

別の容疑者の出現に捜査陣は色めき立った。父と後妻の関係を始め、その経歴や過去、周囲の人の評価や幼少時からの性癖、人間関係や訪問先などの探索が始まった。

捜査官の一人が、ふとボードを見ながら、彼女は何歳だったのかと、美里の年齢を書き込んだ。

○歳、三歳、六歳、九歳、十二歳、そして今回十五歳

日にちで見るとずれがあるけれど、単純に美里の年齢で見ると、三年おきと言えなくもない。三歳毎に家族が死ぬなど、怪しすぎる。まるで美里の過失のような扱いで終止符が打たれたものもあるが、もし万が一これが連続殺人ならば、最初に母方の祖父が死んだ時、美里はまだ○歳だ。

それぞれの死因を徹底的に再調査することになった。大学教授ということは、もはや捜査に何の影響も与えまい。捜査員全員の目が、猟犬のそれになった。

＊　＊　＊

――人の気持ちが筒抜けだからって、おいらに出来ることなんて知れてんだ。実際に慰められるのは笙ちゃんみたいに見える人だけだし、たとえ誰かが危険だという情報を伝えられたとしても、鵜呑みにして具体的に動ける訳じゃないだろ？――

「僕のことは叔母さん達から守ってくれたじゃない」

――あれは、おいらと知り合って、問題がお金のことだけで、おいらの同級生に弁護士がいたからであって……幸運だったんだよ――

「美里のことも、僕のようにすればいいんじゃないの？」

――先ず、美里ちゃんにはおいらが見えない。お母さんの霊は近くにいるけどあの子には見えてない。だから、精神的に支えられる人が、今のところいない。それから、あの子を司法の手で守るにはお金が必要だけど、家族にあの子を守ろうとする人がいるかどうか。寧ろ追い込むことしか頭にないかも。資産ありそうだもんね。つまり、物理的にもあの子を守る術がないんだ。それから、現状では、あの子を社会的な制裁から救う手立てもないんだ――

「そんな、生き地獄じゃん。やっぱり僕達ポンコツだよ」

――いや、頼みは、警察がどこまで事実を掴めるかだけど、真実を示す証拠が都合良く残っているかどうか……

「なら、僕達が動くしかないじゃん。やるっきゃないよ」

――そうだけど、あのおっさんがいる限り、下手に動くと拙いような気がする。よくよく考えて話して、それから動こうよ――

僕達が彼女を救うことが出来るのかなんてこと、今は分からない。けれど、花音が守ろうとした大切な友人じゃないか。その子を地獄に陥れた黒幕がいると分かっているのに何もしないなんて、僕には無理だ。

――ほんとはな、おいらみたいな奴が、声を拾ってなくても、人って言葉で繋がるだろ？　分かり合おうってつもりがあるから言葉を交わすんだよ。だから『誰も分かってくれない』とか思い込まずに言葉にすることが必要なんだよ。『言』って、『心を口にする』と書いてあるんだ。知ってた？　信じられない奴もいる？　そう、確かにね。だけど、信じ合える奴もいるってのアンチテーゼだよね。そういうのって、幽霊になっても同じだろ？　本当は、おいらは役立ったらいけないんだ。いや、おいらが役に立たないような、思いを口に出来る社会なのが、いいんだよ――しみじみと、そういう言葉を口にするキワさんを見下ろしながら、僕は、そうじゃないから、苦しんだり喜んだりするのかもしれないよ、と、心の中でそっと思った。感謝の気持ちを込めて。

＊　父、翔三　＊

「オマエ、美里は何年くらいで出所してくると思う？」

「こんな事件を起こしても、未成年だから出てきちゃうのね。いやだわ。大人なら十年超えるのかしら？　執行猶予とか恩赦とかで、行かなかったり短くなったりするはずだから、どうかしらね」

「子どもなら？」

「三、四年とか？　知らないわよっ。精神鑑定の結果によって、どうなるかなんて分からないわよ。益々一緒には住みたくないわ」

「三年以内でないとな」

「三年？　なぜよ」

「あいつがいないとなんだかんだいってても面白くないし、それに殴れないし殺れないし罪を被せられないし。ふっ、次はお前だけどな。

「それに何？　また一緒に遊ぶとか？　やめてよ。もう、高校生よ」

「まぁ、私はあの子が傍にいる方が、何かと都合がいいからね」

都合？　何の？　出逢ってから初めて、連れ合いの言葉にうすら寒いものを感じた。

義母の中に、初めて違う感覚がざわざわと湧きあがった。

リビングで喋る夫婦の会話に、冷蔵庫の上にちょこんと座った小さなキワさんが、聞き耳をたてていた。

——ふーん、そっか。なるほどね～

お義母さん、疑問を持ったみたいね～。なら何とかなるかも？——

＊　＊　＊

ねえ、笙ちゃん、他人の事は、所詮他人事なんだよ。

おいら達の行動は、今になって振り返ると、確かにノンビリしたものだったと思うけど、当事者にしか理解できない事情って多いんだよ。事実が分かっても、背景や心情が分からないから。それは周囲の生きている人間にだってどうしようもないっしょ。『仕方ない』という言葉を使いたくはないけど、他人の人生にどれだけ首をつっこめるかって話だよ。今回、おいら達が本当に寄り添うべきだったのは、花音ちゃんじゃなくて美里ちゃんだったって、今なら分かる。だけど事前に分かったとして、もし美里ちゃんに寄り添っていたら、こうはならなかったって保証はないし、別の不幸な結果を招いたかもしれない。それは誰にも分かんない。

別の選択をしたからって、それが常に芳しい結果を招く訳じゃないでしょ？

だから、おいら達は分かる範囲で出来ることをするって思うしかないんだよ。

ねっ、笙ちゃん？

でも分かってるよ、その痛み……だって、笙ちゃんが初めて好きになった女の子だもんね。おいらだって、二人が幸せになることを想像してたんだ。嘘じゃないよ。なのにね、おいらの考えも及ばないような人間がいたんだよ。ほんとに、どうにもならないことがあったんだよ。みんなが不幸に突き落とされちゃうような、そんなことする人間が自分と関わるとは思ってみなかったんだよ。

ごめん、笙ちゃん、役に立たなくて……。

今からでも出来ることは、何でもやってみるからね。

＊　玉川署　情報提供　＊

何か事件が起きた時、当事者の家族が何も感じないわけはない。始めは、家族が疑わしい場合でも、大抵は無関係を信じようとする。殊に腹を痛めた我が子であれば、時には、その無謬性に周囲が困惑するほどである。美里の義母に、そこまでの愛情を期待するのは無体であろうが、それにしても当初は極めて断定的であった。第一発見者として、申し分のないくらいきっちり娘への疑いを申し述べた。夫、翔三への限りない信頼がその所以であったのに、一片の疑心で却って脆くも瓦解したのである。

娘に対して『何かと都合がいい』とは？

修辞的な疑問を取り除いても、愛情の欠片も感じられないのは何故？

そこに寧ろ夫への疑念を募らせる結果となった。

案内されて捜査班を訪れるなり開口一番、

「夫が出張で留守なので来たんです。ともかく怖くて」

何事かと訝る捜査員に、茶封筒を渡しながらまくし立てた。

「あの子、本当に犯人なんでしょうか？　夫が変なことを言うものだから。もしかして違うのかもと思って。真犯人かどうかはっきり分かるモノがないかと、あの子の部屋を探したんです。そしたら、これがピアノの椅子から出てきて。教本にあの子の日記帳がはさまっていたんで。ずっと誰も気づかなかったみたいなのよ。ともかく渡しますから、ちゃんと調べてください」

言いたいことを言ってしまうと、「荷物をまとめる」と言い捨てて、夫が出張で暫く帰宅しないという家にそそくさと帰ってしまった。

「今のはなんすかね？」

「分からんが、とりあえず見てみよう」

リーダーが茶封筒をあけると、かなり使い古した音楽教本が入っており、義母の言う通り、『マイメロンのれんらくちょう』の文字を塗りつぶして『みいのにっき』と書かれたノートが挟まっていた。

「お前読めや」

「はい」と女性捜査官が、ノートを受け取ると明瞭な声で読み始めた。かなり長いものだったが、口を挟む者は誰一人としていなかった。

二〇〇七年四月二十四日（火）
今日からこっそりこのノートにも書くことにした
あっちはカミサマがぜったい読んでるから
これは、一年生のときのれんらくちょうののこりだし
チェルニー二十ばんのテキストにはさんで、ピアノのいすにいれておくし
たぶんカミサマはピアノに近よらないからだいじょうぶ
こっちでは本とうの気もちをかくつもり

学校の先生が、日記というのはそういうものだといってたもの
きょうのスズメ、小さくてかわいかった
じゅん番を守ってきちんとできたけど
ちっともうれしくなかった
ほめられたのに、ぜんぜんうれしくなかった
カミサマによろこんでもらえたのにね
どうしてかな？
スズメちゃん　かわいい目だった
あんなことしたくなかった
でも、そんなことはいえなかった
カミサマにばれたら、すごくぶたれるから
こっそりそおっとなでた

二〇〇七年十月二十七日（土）

カミサマに、いつもお母ちゃまがいない時なのね

つい、そう言ったら
日にちには意味があるから
カミサマのすることに口を出してはいけないと　ひどくぶたれた
いつもおなかのよこか、足の中がわをグーでぶたれる
また、いたくてよるねむれないかもしれない
でも、だれにも言えない
『そすう』とかいうのに意味あるって説明されたけど
ちっとも意味がわからなかった
そういうと、もっとぶたれるかもだからだまっていた
ハトさんも目がかわいかった
こんなことしてごめんね
思ってもいえないけど

二〇〇八年五月二十四日（土）

いきなり大きいモノになった

ニワトリは　わたしの手よりもずっと大きくて
どうしてもおさえられなかった
カミサマがすごくおこった
そしてやっぱりぶたれた
すごくいっぱいぶたれた
へたすぎる　手ぎわがわるすぎるって
今もいたいよ
すごくいたくて　ねむれない
言われたとおりするから
もうおこらないでほしい
手つだってくれたけど　すごくこわかった

二〇〇八年九月九日（火）

ふだんからエンがあるという生き物はネコだった
エンがあるって、なかよしということだろうなと思った

イミをきくとまたぶたれるから　言わなかった
そういうことなら　いつものようにしなくていいのかと思って
だっこしてなでなでした
そうしたら、カミサマはものすごくおこった
大きなこえだった
いつものようにいっぱいぶたれているとき
こわくていたくて、大きなこえでなきながらバツをあたえていたら
おばあちゃまがきて、ちょっと止まった
おばあちゃまにもしかられた
カミサマと二人で遊んではいけないって
だったら、もうやらなくてもいいのかな？
でも、カミサマと話した後おばあちゃまがいなくなったら同じことだった
バツを受ける生き物をかわいがるのは
とてもいけないことだから、つづけるように言われた
ごめんなさい

おばあちゃまもネコちゃんも

二〇〇九年三月二十六日（木）

ネコが犬になって、つぎはどうなるの？
だんだんつらくなってきた
ネコのときに、おばあちゃまが気がついたから
おばあちゃまが、止めてくれると思ったのに
死んじゃった　死んじゃったの
もうずっとこうなのかな？
あの子は、おむかいのおばあちゃんちのだと思う
ポメラニアンていう犬だよ
イヤだった
だって、すごくかわいい子だったから
いつものようにやれると思えなかった
手がふるえてとまらなかった

二〇〇九年六月六日（土）

この間の犬は、ポメラニアンていう小さい犬だった
今日の犬は　しば犬
学校に行くと中で、よく見かけたけれど
いつもほえられたことなんてなかったのに
カミサマといっしょにいたからかもしれない
こわくなかったからバツはいらないと思う
どんなにそう言っても　ダメだった
ぶたれそうになったので、いそいで始めた
本とうに、しかたなくやった
ぶたれるのは本とうにもうイヤだから
イヤそうに見えたのかな？
家のうらにわは広くて　いくらでもほるところがあるのだから
ちっとも心ぱいしなくてもいい……って言われた

そんなことは言ってないのに

二〇〇九年十月十日（土）

ぞろ目なんてだいたい月に一度はあるじゃん
そんなに意味があるのかな？
お母ちゃまはピアノの発表会でお出かけ
また前より大きい犬　もうどう犬なんかになってる犬
ラブラドールレトリーバーっぽいけど
もう少し小さい犬のような気もした
本とうに、あの子がいけなかったの？
うんちなんて　みんなするのにかわいそう
『ほうち』って　かっている人がすることじゃないの？
まあるいきれいな目だった
目が合ったらきっとできなかった
こんなに大きいのに一人でやれっていうの？　と思って

ちらっと見たら　カミサマにすごい目でにらまれた
こわいからやるしかなかった
うらにわの林に一人でいくのはこわかったけれど
おこられるよりぶたれるより、ずっとまし
すごくがんばったのに　ちっともうれしくない
どんなにほめられても　ちっともうれしくない

二〇一〇年一月七日（木）

お正月あけてすぐなのに、またださ
そんなにすぐやらなきゃいけないのかな
今日の犬は　もとケーサツ犬……シェパードっていうのかな？
どうしてもイヤだった
いくらすぐほえるからって　ケーサツ犬だったからじゃないのかな？
がんばってきた犬なのに……
もう止めたい

どれだけがんばってきたのか考えたら
バツなんて意味があるのか分からなくなってしまう
でも　仕方がない？
本当にどうしてもやらなくちゃいけないことなの？
どうしたら止められるかな？
次がくる前に　誰かに　相談してみようかな……
でも、お母ちゃまに知られるのは、
ぜったいに　イヤ

最終ページまであと少し残したところで、読み手の捜査官が顔を上げて呟いた。

「ふう……これが、もし、もっと早く……これを亡くなった母親とかが発見してたら、あの子はこんな目に遭わなかったでしょうか」

「それは誰にも分からない……別の悲劇が起きてたかもしれないし」

「神のみぞ知るだ。神は信じないがな」

「あ、そうだ。書き出しの通りなら、これと対になるノートがあるはずですね。もし覗き見していたというなら、父親の部屋にあるかもしれません」

「ああ、なんとか令状とれそうだな」

「誰か、あのカミさんに旦那の帰宅日確認してガサ入れのこと言っとけ」

「了解」

「証拠、固めるぞ」

無言の返事が幾重にも響いた。

＊　＊　＊

「少しは進展してるのかな。警察の人、僕の話、信じてくれたかな？」

テレビで東北の方の紅葉の話をしてるのを、ぼんやり見ながら、笙ちゃんはぽつりと呟いた。

――うん、そろそろ確認に来ると思うよ、それに、おいら、あの義母ちゃんがちょっとでいいから疑うように、必死でしむけたよ――

「？　あのお義母さん霊感あんの？」

――あんまり。仕方がないから乗り移ってみた――

「ええっ！　そんなこと、あ、出来たか。で？」

――憑依するというところまでは何とか。コントロールするまではいかなかったよ。ただ、やって欲しいことをやろうという気になってもらえたみたいだよ。あとは待とうよ――

「そっか、うまくいくといいな。もっと僕にもできることがあるといいのに」

――そうだね。どうかな……――

キワさんが相槌をうったものの、それ以上会話は続かなかった。

＊　玉川署　家宅捜索　＊

家宅捜索令状がとれた警察は、当人のいない午前を狙って美里の実家に踏み込んだ。夫の言葉に疑念を抱き始めていた後妻は、警察から美里の年齢で三歳おきの家族の死について聞くと、すっかり震えあがってしまい、何も言わずに警察を家に入れた。

実力の程はよく知らないが、仮にも大学教授である。そうした頭のよい人間が犯罪者である場合、その証拠を見つけるのは至難の業であるはずだ。そう覚悟して乗り込んだ鑑識や捜査員達が、肩すかしを食らったように感じるほど、今回の家宅捜索はさほど難しいものではなかった。

十五年間、全ての犯罪がばれなかったからかもしれない。

書斎から行ける地下室があった。隠れ家的になっていたが、鍵は簡単に開けられた。そこに膨大な数の秘密の資料が整理されていた。

一体いつの分からあるのか、古いモノはＶＨＳのビデオテープやアルバムといったアナログの記録媒体。それから、机の上には外付けのメモリーが三台も付けられたパソコンもあった。部屋の奥には、大画面のテレビとステレオなどのオーディオセットがどんと据えられていた。どうしたものかこの部屋には、大学で児童の発達心理を研究している男の知性が、欠片も感じられない。趣味の部屋と言えばそれまでだが、雑然と積み上げられたそれらに、捜査員達は、かつて幼児を誘拐して閉じ込め殺してしまった男の部屋の映像を、思い出していた。

一人の捜査員が、何気なく直ぐ手近にあったミニビデオテープを本体らしきビデオにセットした。まだ幼い美里の頼りなげに佇む全身が映っていた。

「美里、この猫はね、池の金魚を食べちゃったんだ。いけないことをしたモノには、罰を与えなくてはいけないよ。今回は、ほら、このバーベキュー用の串を使うんだよ」

「ほら、しっかり頭を押さえるんだ。ばか、何をやってるんだ」

ビデオが地面におかれ、ばしばしと素肌を叩くような音がしてから、再び被写体を映し出した。怯えたように震える背中越しに命令する。

「そう、押さえ込んで。それで、耳から串を。遅いっ」

また、ビデオが地面に置かれた。

「生きているモノを殺すっていう行為はね、シンプルイズベストじゃなくちゃいけない。特に人間はね……」

「おい、この日付のあるやつは全部こういう記録なのか？」

鑑識係の一人が、観るのも触れるのも嫌だとばかりに首を振って、吐き捨てるように呟いた。延々と続く、身も凍るような真実の記録に、居合わせた警察関係者は、一人の女の子に降りかかった恐るべき事態が、とんでもない立場にある人物から長い長い時間をかけて繰り返され続けたことに、慄然《りつぜん》とせざるを得なかった。

＊　＊　＊

笙ちゃんとおいらは、新聞やテレビよりもＰＣやスマホに続々と新着するニュースを、静かに追っていった。笙ちゃんは、何も言わなかった。ただ推移を見守っていたかったのかもしれない。

おいらは、笙ちゃんから花音ちゃんに会わせて欲しいって言われることを、一番懼《おそ》れていた。会うにしても、できればもう少し時を置いて欲しかった。

亡くなってすぐの霊は、攻撃的なことが多いから

回答出来ない『なぜ』と『どうして』が延々と続くから

好きな女の子に答えられない痛みを背負わせたくなかった。

じゃあ、笙ちゃんは何を感じていたのだろう……。

おいらが幽霊だからって万能なわけじゃない。超能力があるとか読心力があるとか、

幽霊に期待しないで欲しい。笙ちゃんの心にあることは今は分からないけれど、ただ、

おいらが心配するような無理を、通すつもりはないようだった。

＊　玉川署　証拠　＊

ビデオを観ながらも、そこはプロの捜査官、ちらちらと周囲を確認し、時には腰を屈めて家具の下など覗いていた。

「おい、机の下、何かあるぞ」

「几帳面に日記が並んでます」

「おっ、こっちの方が確認は早く済むかもしれないな」

「三年日記？　まぁた、三だな。いつの分からある？」

「**一九九九年九月九日！**　が初日の分から、六冊っすね」

少しくたびれた感じのする中年で、視線が鋭くていかにもという強面ではなくむしろくたびれたサラリーマンのようなリーダーらしき捜査官が、自前の黒い手帳を開くと、鼻の下をこしこしこすりながらおっとりと指示した。

「じゃあ、ビデオはまるっと証拠品扱い。あーっ分かってるな。一九九九年九月九日、二〇〇三年一月十四日、二〇〇五年六月九日、二〇〇八年九月二十七日、二〇一一年三月二十一日、今回、各日付チェックしてくれ」

うーすっ！　という太い返事と共に全員が、各々一冊の分厚い日記帳を手に取り、今の日付のページをチェックする音がした。幸い三年日記なので、一日の分量は極少なく簡潔ではあった。ただ、読む者の背筋が思わずゾクリと震えた。

今時銀縁眼鏡も珍しい気真面目そうな若い捜査官が、意外に落ち着いた低い声で第一声を上げた。

「一冊目の第一日です。

『**一九九九年九月九日木曜**。五日の日曜に高林のじじいに美里へのイタズラを見られた。他の奴等に告げ口され、非難されるのも癪《しゃく》に障る。抹殺すべきと考え、車のブレーキオイルを抜いておいた。帰宅途中の坂で成功』

とありますね」

「うーむ、余りにも簡単に見つかったが、間違いなさそうだな」

「要所要所にマーカー引いてあって。直ぐに次が分かるので、一冊目続けます。

『二〇〇二年一月一日火曜、くそオヤジに美里を折檻しているところを見られた。高林のじじいの誅殺もぞろ目の日だったから、この目出度い日に起きたのは、当に運命だろう。深い縁を感じる。高林のじじいを誅した日を基準に、表に基づいて決行日を決めることにした』

何てことを……」

「おい、表ってなんだ？」

「ああ、そう言えば机の上の本立ての端に刺さってたノートがありましたね。えーっと『神・祥三様の表』ってあります。ああっ、何か数字の羅列の横に日付が！　**一九九九年九月九日と二〇〇二年一月一日**、あります。他もありそうです」

「なんじゃや、このノートは？　素数？　分かる奴いるか？」

「なんか意味がありそうっすね。ですが、とりあえず表の分析は後にして、日記を確認しませんか？」

まるで柔道家のような体格の捜査官が、その武骨に太い指でもどかしげにページを繰って日にちを確認すると、見た目のままの野太い声で読み始めた。

「二冊目、ありましたっ。

『**二〇〇三年一月十四日火曜**、美里が三歳になってからと、去年の五月二十五日土曜に決めていたがオヤジ不在で、次に十二月二十一日土曜には美夜子が在宅で、今日になってしまった。後ろから羽交い締めにして、左耳からバーベキュー用の鉄串を削って限りなく細くしたもので刺した。まあ、私直々だから。オヤジにも感謝してもらいたいものだ。かかりつけ医が脳溢血と診断してくれたので、助かった』

と書いてあるっす。感謝とかって、くっ」

「それは心にしまっとけ。小安の親父さんは解剖しなかったのか。鉄串で刺したなら痕跡があっただろうに。一応かかりつけの医者に確認しろっ」

「うすっ。ですが、高血圧の持病があって、家族とはいえ大学の先生からそう言われたら、要請もなしに解剖することはないとの判断だったかもしれないっす」

それを聞くと、優しげなリーダーの顔があからさまに歪んだ。

「ううむ、ありそうだな。ということは、証拠はないか？　念のため、台所、だけじゃねぇな、家中ひっくり返して、鉄串を全部集めろっ。存外この部屋ん中にあるかもしれんな」

「うっすっ！」

でっかい捜査官が台所へ走ろうとした時に、すらりと背の高い女性捜査官がすっと口を挟んだ。

「班長、さっき机の小抽斗に鉄串の束がありましたけど、あれじゃないでしょうか？」

「確保っ！」

「了解しました」

日記帳に戻ったでっかい捜査官は、また黙ってページを繰り続け、はっと見つけると発言した。

「次も二冊目行きます。

『**二〇〇四年十一月十一日木曜**、まだぞろ目だ。これはもう本当に天啓としか思えない。母親に見られた。誅殺の日と方法を考えよう。ただ、母親はなるべく静かに逝かせてやりたい』

一体、何をしているところを見られたんすかね。前の二人の時もっすが……」

「お義母さんが持ってきたノートにも目撃されたことがあったけど、まあ、普通に考えれば虐待だろうよ。さっきのビデオもどう見てもだしな。ともかく、それもこの辺の証拠品を丹念に見ていけば分かるんじゃないか？」

「そうですね。でも、何か見る前から、見たくないっす」

「あの子を冤罪から救うためだと思うしかないな」

「うす……二冊目続きます。

『**二〇〇五年六月九日木曜**に決行を決めてよかった。美夜子が友人と会食で不在。美里に、母が入浴中の湯舟にドライヤーを沈めて来いと指示。半身浴中の母は居眠りしていて気付かずに、感電死。いずれ物心ついた美里が行為の意味に気付いたとしても、それはそれで面白い見モノとなるだろう』

マジすか？　これじゃまるで犯行記録だな」

歯ぎしりしながら読む捜査官の武骨な手が、ぐぐっと日記を握った。大事な証拠の品を破かないかと心配になるくらい力が入っているのは、誰の目にも明らかだった。

「くそっ、なんて邪悪な奴なんだっ！　しかし、感電死なら遺体さえあれば……ドライヤーは残っていても、もう十年だ。痕跡の期待はできないか？　それでも」

「もちろん探しますけど、かぁっ、それにしても、胸糞悪いっ」

「よくよく記憶を辿れば、彼女、思い出すかもしれません」

「地獄だぞ、それもっ」


一時、深と沈黙が降りたが探索は続く。次に発言したのは、小柄で二重の下の丸い目が捜査官としてはあどけない印象を与えるが、随一の頭脳を誇る捜査官だった。三冊目をさらりと流し読みして四冊目を手に取ると、いかにも腹立たしげに読み上げた。

「四冊目に飛んで初っ端《ぱな》っ。

『**二〇〇八年九月九日火曜**、本当にぞろ目の日ばかりに目撃されるものだ。これは一体どういう巡り合わせなのだろう。高林の母に見られた。なるべく早いタイミングで決行しよう。この女さえ死ねば、後は懼《おそ》れるに足らぬ美夜子だけだから』

美夜子って奥さんですよね？　何だ？　この見下した感じはっ」

「ノートの表紙にあったたな。神様のつもりなんだろうよ」

暫くして、また小柄な捜査官が、いかにも軽蔑したように読んだ。

「さっきのすぐ後です。

『**二〇〇八年九月二十七日土曜**、決行。三人でおままごとという変なシチュエーションへの不審も、美里からの甘えた誘いにかき消されたように、のこのこと死に場所へやって来た。今入れたりんごジュースなのと言って差し出されたコップの中身を何の疑いもせずに一気飲みしやがった。これでまた邪魔者は消えた』

こいつ何様のつもりなんだ？」

「念のため、被疑者のままごとの道具一式と、ガーデニング用という農薬と農薬の容器を集めて、指紋を採っておけよ」

「ままごと道具は捨てたと翌日ありますね。農薬関係は後で納屋を確認します」

「頼んだぞ」

「それにしても、証拠品とか証拠能力とか、気になりますね」

「単独では状況証拠として弱いかもしれんが、この辺の記録を全部合わせれば、検察の力量次第で何とかなるだろう。積み重ねだ」

「そうですね……」

「他はどうだ？」

「すみません。まだ四冊目が続きます。

『二〇一一年三月十日木曜、生意気にも美夜子が私に盾突いた。美里に対する隠れ蓑としての存在意義はあったが、こんな風に面倒なことを言いだすようでは、最早不要だ。誅殺すべし』

　こいつ、家族を何だと思ってやがるんだ？」

「何しろ、神、翔三様だからな。何でもありなんだろっ」

「もう間違いないです。この先も見ておく必要あるんですか？」

「ばかやろう、さっきの鉄串みたいなこともあるだろうが。ともかく確認しておくことが大事だ」

「分かってますが、不快なもので、つい。あっ翌日が
『**二〇一一年三月十一日金曜**、東北でものすごい地震があったようだ。二人ともテレビの報道に釘付けだ。普段なら私の想像力を刺激する映像の数々に心を奪われそうなものだが、今回は別のことに集中しているし、二人の気が削がれているのは、極めてタイミングが良い。なるべく急ごう』

　人の心に欠けた人間っているんだ。あの災害の映像を見て感じるのがこれとは」

「生き方全てに通じているんだろう。何か人として大切なモノが欠落しているとしか思えんな」

「全くです。ううっ、本当に直ぐだ。

『二〇一一年三月二十一日月曜、几帳面に生活のリズムを変えない美夜子の習慣を上手いこと利用してやった。母親の心臓の薬もとっておいてよかった。万が一他殺を疑われても私に疑いがかからないように、美里のコップに変えておいたのに、警察は本当に頭が悪い。他殺を疑いもしない。これで、美里を意のままに操れる』

こいつ、許せん。大学教授とか名家とかで信頼されているってだけだろうが」

「誰か署に電話して、彼女に心臓の薬とコップというのを確認してくれ。そしてまだ在れば確保しておいてくれ」

誰もが肩が重くなるような疲れを感じ始めていた。

「そういえば、裏の林の進捗状況は？」

「鑑識入ってますが、広いので時間がかかるようです」

「そうか。ところで、肝心の最近の方はどうだ？」

リーダーの問いに応えて、パンツスーツをスレンダーに着こなしたポニーテールの捜査官が、きびきびした動作で五冊目を机の上に置くと六冊目を持ち上げ即答した。

「はい、六冊目にあります。

『二〇一四年九月二十日土曜、美里のマンション訪問日。会う度に反抗的で手に負えなくなっていく。私の意のままでなければ面白くないし、面白いことをさせられない。誅殺すべきだろうかと迷っていたら、面白いことに友達の『おのづかかのん』という子がいた。これが美里を守っているらしい。こいつの影響か？　誅殺はこいつに決めた』」

誰かが口を挟む間もなく次へと続けた。

「同じく六冊目からです。

『二〇一四年十月十八日土曜、明日決行予定。得物は、美里の家の玄関に大きい玄翁を入れておいたはずだから、あれを使おう。もしなければ。包丁でよい。結局、美里がやったことになるのだから。コートと医療用手袋は絶対持参しよう』

玄翁ってあれですよね。まともな親、いえ人間とはとても思えませんっ」

「被害者だって、まだ高校生だというのにな」

「ああ、もう、腹立つっ、むかむかするっ」

奥歯に何か詰まってでもいるような、歯ぎしりするような口調で、彼女は続けた。

「続けて、

『**二〇一四年十月十九日日曜**、ああ、酔いしれた。自ら手を下すことは危険を伴うけれど、この達成感はどうだ？　あの小娘の命を支配した昂揚は得も言われない。きっと生涯忘れない。三年後には次の獲物も用意してあることだし、もっと巧妙な手を考えておこう』

って。次のって後妻のことでしょうか？」

「それはまあ、今の時点ではいい。ともかく、犯人で間違いないな。とはいえ、これはあまりにも、なぁ」

やりきれない表情のリーダーに視線が集まった。誰ともなく同調する声がもれた。

「記録はありますが、物的証拠が少ないっすね」

「うまく、裁判で持っていけますよね」

「一応は『表』に従ってコロシを行なっていたみたいですが、決行は、案外行き当たりばったりだし、『表』自体安易な印象を免れないですよね。こいつ一体どういう人間なんだろう？」

「気が小さくて精神を病んでいる馬鹿……でしょうか？」

「やりきれん、娘が余りにも哀れだ」

リーダーが俯《うつむ》きがちに吐き捨てた言葉が、その場にいた者達全員の気持ちを代弁していた。一体、娘を何だと思っていたのだろうか。その所業はヒトのモノとは到底思えなかった。

秘密の部屋からは多くの物が、証拠として持ち出された。

この数日後、出張から帰宅したとの知らせが、後妻よりもたらされた。家宅捜索後すぐ請求しておいた逮捕令状を手に、容疑者宅に向かった捜査員達に衝撃が走った。「小安翔三、失踪」の一報が、事前に派遣されて容疑者宅を窺っていた捜査官から入ったからだ。帰宅直後で本部とやりとりして視線がはずれた捜査官の僅かな隙を突かれた形だった。捜査官が気付いた時は、自家用車が当に右折しようというところだった。路上待機の彼にはいかんともし難かった。

あの隠し部屋の惨状を見れば、当然の結果とも言えた。捜査陣の不手際を指摘されるのは間違いないだろう。だが、それよりも万が一にも逮捕前に自殺などされてしまうと、大失態だった。急遽、検問が敷かれ、交通の要所や全国の自殺の名所に容疑者の人相が手配された。捜査陣は、ここと推測したポイントに容疑者が立ち寄ることを祈るしかなかった。

それにしても、これでは、美里の無実をどう証明すればいいのだろうか。いや、無実の証明自体は翔三側の事実の積み重ねで出来るだろうが、一体どうすれば美里の心の傷を癒せるのだろうか。父が罪を認め謝罪することが、何より最も必要なように誰しも思えた。同時にそれが実現しないだろうことも。

もしかすると、親戚くらいはいるかもしれない。だが、あえて彼女を引き取ろうという者がいるとは思えない。彼女に問題はなくとも、起きた事件が彼女の周囲にどう影響するかは、予断を許さない。正気に戻ったとしても、何が待ち受けているか誰にも想像できない将来を、家族を全て失い、明けぬとしか思えない暗闇に置き去りにされた彼女の未来を、捜査関係者の誰もが憂いた。

エピローグ

事件後、初めて花音の家に行って、お焼香を上げた。もちろん葬式にも同級生達と一緒に行って参列したけれど、今日は、キワさんに花音を呼び出してもらいたくて、一人訪ねた。

花音は、葬式の時にもそうしていたように、母親の傍にそっと佇んで、優しく見下ろしていた。僕達に気がつくと、つっとやってきて言った。

——佐藤の言う通りにしておけばよかったな——

「うん、本当にそうしてほしかった」

——まじで？　そんなに付き合いたかった？——

「あっ、そっち？　うん、それも、そうだったよ」

——ははっ、そこの人が佐藤に教えたんだね——

「そう、あの時は説明のしようがなかったから。それに、何が起きるかまでは分からなかったから」

――まあ、何を言っても、今更になっちゃうね。お互いにね――

そう言うと暫く黙ってしまった。当然だよな。どうしていれば自分に別の未来があったのか、その選択は気にしない方がおかしい。僕だって、思うところは山ほどあるんだから。

思っていたこととの続きなのだろうか。花音らしい。

――でも、みいちゃんはこれで自由になれるかな？――

「入院して精神的に落ち着くのを待つみたいだけどね」

――お父さん、捕まった？――

「自殺の線で、富士の樹海の入り口で待ち伏せしたら、案外簡単に見つかったみたいだな。自分を傷つけることが出来るタイプじゃなかったみたいだね」

――ちゃんと、みいちゃんと向き合ってくれるかな？――

「それをあのおっさんに期待するのは無理じゃね？」

――そう？　みいちゃん、自責の念とかに押しつぶされないでくれるといいな――

「それは、今の状況では難しいかもな」

――うん分かってる。それでも、ずっと縛られて苦しんでたから自由になって欲しい。そう伝えてくれないか？――

「自分で伝えれば？」

――う～ん、多分そういう能力がみいちゃんにはないと思うよ。あれば、そこの人がもっと何か伝えられたでしょ？――

「うん、確かに。そうだなぁ、身体が元気になったって聞いたら、何とか伝えるよ」

――元気になる前にもね、時々、見舞ってあげてよ。すんごく孤独な子なんださ――

「今まで縁がなかったのに怪しくないか？　まあ、出来るだけってことで」

――親戚はいるのか知らないけど、あの子、全くの一人ぼっちだから。お義母さんには期待するのはワルイしね。佐藤がうんと言ってくれてよかった。ありがとうね。これで、安心して逝けるよ――

「逝けるって？　お母さん、置いて逝くのか？　あんなに消沈してんのに大丈夫？」

――一人っ子だから大丈夫じゃないかもしれないけど、お父さんもいるし、傍にいても何も出来ないし。心配は心配だけど、時間が解決してくれるのを待つしかないでしょ？――

「そっか、お母さんには、見えないんだ」

――うん、聞こえなかったし。だから、逝く。逝って新しい幸せを捜すよ。もしか、また、お母さんに会うことがあったら、そう伝えて――

僕が、分かったと返事をする前に、花音はキラキラ光り始めた。と、途中で光が収束し始めたので驚いてどうしたのかと問うた。

――やっぱ、もう一回みいちゃんに会ってから逝くわ――

驚いて見ていると、僕に手を振って背を向けるとふっと消えた。

「ったく、どんだけ好きなんだよ。そっか、花音、成仏する気なんだ」

――ああ、そうみたいだね。あの子、すごく前向きな性格だものな。おいらも大事なことを忘れてたよ。死んだことに納得できなくて、死後直ぐは荒れる人も少なくないからね。やっぱり、最後に会っておいてよかったね――

「うん、ホントに」

力強く返事をすると、ふと疑問が口をついて出た。

「にしてもさ、あの後ほんとならどうなってたの？」

――まぁ人にもよるけど、多くはキラキラしながら太陽に向かって昇って行く感じかな～――

光り始めた後のことを想像しながら僕は彼女のご両親を思った。そうだった。花音は前向きな女だった。きっとあのお母さんもだ。花音と同じで哀しみも前向きなパワーに変えちゃうだろうな。それで、お父さんを元気づけながら明るく生きていくんだろうな。そんな姿が想像できた、

それでも、機会があれば、今のことを伝えてあげられたらいいな。

そっか、キワさん、多分、僕たちは、生きている人とは違うことができる立場なんだよ。これってスゴイことだな。

花音から、僕も前向きな力をもらったみたいだ。

きっと僕の両親もあんな風に逝ってしまったに違いない。だったら、キワさんが教えてくれるのを待てばいい。いつかきっとそうしてくれるだろうから。

「キワさん、帰ろう」

そう言って、僕は走り出した。

坂の一番上で空が目に入ったので、走る速度を落としたら、キワさんが喋り掛けて

きた。

――笙ちゃん、今日は天気がいいね――

立ち止まって、思いっきり伸びて空を見上げた。珍しくキワさんが僕の肩に乗った。

「はぁっ、はぁっ、はぁっ、あぁっ、女心と秋の空ってやつかぁ。空、高けぇ」

――雲一つない……うん？　一つあった。一つじゃねーなぁ。あの雲、筋雲と綿雲が同じ位置にあるだけで、一つに見えるな――

「まぢっ？　一つの雲じゃないの？」

――うん？　筋雲は、空の高いところに出来るんだよ。秋とかにね。んで、綿雲は、季節に関わらず、よく風に流されてるやつ。確かに、ぱっと見には高さを感じないから一体化して見えるな。綿雲が離れてみて初めて、ああ、違う場所にあった違う雲なんだって気がつくね。もしあの綿雲が風に流されて渡っていかなかったら、上の方の筋雲は姿が隠れて見えないままだったのな――

「そうだね。きっと気付かなかった。美里の父親みたいに」

――うん？　ああ、美里ちゃんがあの渡っていく綿雲か。んじゃ、花音ちゃんが風になって、あの綿雲を向こう側に渡したんだな。今の季節なら、さしずめ紅葉に染まる紅嵐に吹かれたってところかな？――

ああ、そうかもしれない。

事件後、初めて温かな何かが心を満たした。

新冬を告げる冷たく爽やかな風を受けて、笙の真っ直ぐな前髪がさらりとなびいた。

あとがき

先ずは、私の本を手に取って読んでくださり、本当にありがとうございます。笙ちゃんとキワさんのコンビ、いかがでしたでしょうか？　心に止めて頂けたなら、これ程嬉しいことはありません。

実のところ、この小説を文芸社に提出した時は、既にそれなりの完成度がありました。でも、最初に出版した作品は、自費だからともかく自分の好きなように書こうと思って作ったので、沢山の方に読んで頂こうという欲が微妙でした。反して今回は、自費だけど少しでも多くの方の目に触れたいと思っていました。

この「だから」と「だけど」の意識の違いには天と地とほどの差がありますよね。ゆえに、出版の決まった時からが頭が痛くなるような推敲の始まりでした。一度出来上がったものをいじるのが、こんなにタイヘンだとは思いもしませんでしたよ……。

最後まで読んでもらうには、面白いと思ってもらうには、という疑問に担当さんから色んな助言を頂きました。そうして今の内容にまとめ直すことができました。

これは、一重に初めから担当して下さった出版企画部の石鍋さんと、最終的な段階を担当して下さった編集部主任の宮田さんのお力添えがあってのことです。ここに感謝の気持ちを示したいと思います。

また、笙ちゃんとキワさんのコンビなのか、はたまた別のキャラクターなのかは分かりませんが、次の作品を皆様のお目に触れることが出来るよう邁進したいと思います。

待っていてくださいね。

なるべく多くの方のお目に触れることを祈りつつ、感謝を込めて……。

著者プロフィール

二ツ木 斗真（ふたつき とうま）

◆1963年５月８日に兵庫県で生まれ、10歳からは東京育ちで、在住歴は、はや45年ほど。
◆早稲田大学教育学部を卒業した後、一旦一般企業に就職しましたが、出産に憧れて寿退社。以来、主婦歴26年で３男児を子育て中。
◆さて、子育ての一段落が近づくにつれ、何だか人生が面白みに欠けるように思えてきたので、子どもの頃抱いた小説家になる夢を叶えるために活動することにしました。書き始めてから８年ほどですが、まだ頑張って書き続けます。応援してくださいね
◆2014年６月に東京図書出版から【秘匿〜少年（弟）〜】を上梓しました

紅嵐《アカアラシ》×《ニ》渡雲《ワタルクモ》

2018年２月15日　初版第１刷発行

著　者　二ツ木 斗真
発行者　瓜谷 綱延
発行所　株式会社文芸社
〒160-0022 東京都新宿区新宿1－10－1
電話 03-5369-3060（代表）
03-5369-2299（販売）

印刷所　株式会社暁印刷

ISBN978-4-286-18636-8